봄날이 달려온다

생생 현대사 동화 1960년대
봄날이 달려온다

초판 1쇄 인쇄 2024년 11월 8일 | 초판 1쇄 발행 2024년 11월 15일

지은이 은이결 | **그린이** 이장미 | **펴낸이** 방일권

펴낸곳 별숲 | **출판신고** 2010년 6월 17일 | **주소** 경기도 파주시 광인사길 115, 203호

전화 031-945-7980 | **팩스** 02-6209-7980 | **전자우편** everlys@naver.com

© 은이결, 이장미 2024

ISBN 979-11-92370-76-7 74810
ISBN 979-11-92370-48-4 (세트)

봄날이 달려온다

은이결 장편동화 이장미 그림

별숲

1960년대는 대한민국이 새롭게 만들어지는 시기였습니다. 전쟁으로 황폐화된 국토를 재건하고 어려운 나라 경제를 세웠습니다. 수도 서울도 도로와 다리, 상하수도 같은 도시 기반을 닦는 공사를 진행했어요. 일제 강점기와 전쟁으로 중단되었던 청계천 복개(하천에 덮개 구조물을 씌움) 공사도 다시 이어 나갔지요.

《봄날이 달려온다》는 그 시절 청계천 가에서 판잣집을 짓고 살던 사람들의 이야기입니다. 전쟁에서 집을 잃은 사람, 북쪽으로 돌아가지 못한 실향민, 일자리를 찾아 서울로 온 이들이 이웃이 되어 살았어요.

그때는 어른 아이 할 것 없이 모두가 일을 했어요. 배춧잎 한 장, 양말 한 짝도 소중히 여겼어요. 어렵게 살면서도 어른은 아이를 학교에 보내기 위해서 힘썼고, 아이들은 배우려고 노력했어요. 가난에서 벗어나는 꿈, 잘살고 싶은 꿈이 있었기 때문이지요.

그리고 대한민국 국민에게는 또 하나의 큰 바람이 있었어요. 국민이 주권을 가지는 민주주의를 향한 열망이었어요. 사람들

은 불법과 억압을 휘두르며 연거푸 네 번이나 대통령을 하려는 국가 지도자에게 불만이 많았어요. 국가가 하는 일에 반대하는 사람은 빨갱이 공산당으로 몰려 죽임을 당할 수 있는 무서운 시절이었어요. 그럼에도 국민은 더 이상 참지 않고 거리로 나와서 지도자의 잘못을 강력히 외쳤어요. 대통령을 뽑는 투표권이 없는 학생들이 시위에 앞장섰지요.

1960년 4월 19일, 서울에서 있었던 시위는 갑자기 일어난 게 아니었어요. 그 전에 대구, 대전, 마산, 수원 등 전국에서 독재 정권에 항거하는 학생들이 있었어요. 여러 시위를 거치며 많은 이의 희생이 있었어요. 대한민국 민주화 운동은 이렇게 시작되었어요.

4.19 혁명이 일어난 지 육십 년이 훌쩍 지났어요. 지금도 과거 4.19 혁명 시위대가 지나던 거리에서 민주주의를 지키려는 오늘날의 시위대를 마주하게 됩니다. 그들을 보며 민주주의는 완성된 것이 아니라 여전히 길을 찾고 다듬어지고 있음을 깨닫습니다. 1960년 봄을 지낸 동화 속 아이들도 주름 많은 어르신이 되어서 그 광경을 보고 있을 것입니다. 당신들이 다져 놓은 길이 민주주의를 향해서 이어지고 있는 것을요.

오늘이 흐르는 청계천에서
은이결

01
불났다, 불났어!

늦은 겨울밤, 청계천에 봄을 시샘하는 매운바람이 불었다. 바람이 개천 다리를 차례로 지나며 판잣집 틈을 비집고 들어갔다. 집 안에 널어놓은 빨래가 얼고, 물그릇에 살얼음이 생겨났다.

기홍이는 잠결에 이불을 코까지 끌어올렸다. 마침 주먹만 한 사탕을 입에 넣으려는 순간이었다. 하얀 설탕이 묻은 왕사탕을 준 사람은 바로 대통령 할아버지였다.

며칠 전, 홍제동으로 이사 간 순창이가 판자촌에 놀러왔다. 순창이는 대통령 할아버지가 새해 첫날에 자하문 밖 세검정에 왔다고 자랑했다. 그런데 오늘은 대통령 할

아버지가 청계천에 온 것이다. 할아버지가 기홍이 머리를 쓰다듬어 주기까지 했다.

기홍이가 한껏 입을 벌리고 사탕을 덥석 물었다.

"불이야! 불났다, 불났어!"

"다들 나와요, 나와."

시끌벅적한 소리에 기홍이는 눈을 떴다. 온몸이 오싹하게 추웠다. 어찌 된 일인지 자신이 바깥 장독 옆에 나와 앉아 있었다. 입이 텅 비었고, 왕사탕은 흔적도 없이 사라졌다.

기철이가 기홍이를 흔들었다.

"잠들면 안 돼. 잘 보고 있다가 불똥이 이리로 날아오면 큰길로 나가. 알았지?"

기홍이는 영문도 모르고 무조건 고개를 끄떡였다.

선주 아버지가 양동이를 두드리며 다그쳤다.

"뭣들 해요? 빨리빨리 물그릇 챙겨서 가자니까."

엄마가 기홍이에게 담요를 둘러 주고 찌그러진 대야를 들고 따라갔다. 사람들이 몰려가는 개천 위 밤하늘이 환

했다. 검은 연기 사이로 불길이 솟구쳤다. 판자촌에 또 불이 난 것이다.

위쪽 골목에 선주와 윤주가 나와 있었다.

"배오개 다리 근처야."

선주 말에 기홍이가 깜짝 놀랐다.

"종길이네 집 쪽이야?"

"맞아. 그래서 아버지가 저러셔."

종길이와 선주는 사촌지간이다. 종길이 아버지가 선주 아버지의 동생이다.

이곳은 청계천 판자촌이다. 개천을 따라서 판자와 상자로 지은 판잣집이 끝도 없이 들어차 있다. 모래톱 가장자리로는 널빤지도 없이 거적만 두른 개미굴이 다닥다닥 붙어 있다. 그래서 불이 나면 삽시간에 사방으로 옮겨붙는다. 오늘처럼 바람이 부는 날에는 불티가 엉뚱한 곳으로 날아가기도 한다. 엄마와 기철이가 단잠에 빠진 기홍이를 집밖에다 내어놓고 간 것도 그것 때문이었다.

새해 들어서 판자촌에 불이 난 게 벌써 세 번째다. 대보

름을 앞두고 무학교 쪽에서 큰불이 났다. 그날 집 수십 채가 주저앉았다. 쥐불놀이를 하던 중에 불티가 날아왔다고도 하고, 집 안 화로가 엎어졌다고도 했다.

소방차가 오는 소리가 났다. 기홍이는 소방차가 물을 뿜는 것을 보려고 윗골목으로 올라갔다. 아무리 발돋움을 해도 소방차는 보이지 않고 소리만 더 요란스럽게 들렸다.

날이 밝기도 전에 윤주가 기홍이 집으로 들어왔다. 가져온 반찬을 밥상에 놓았다.

"서른 채쯤 탔나 봐요. 할머니 한 분이 연기를 마셔서 정신을 못 차리신대요. 식구들이 다 일하러 가서 혼자 주무시고 계셨다고."

"아이고, 어쩌냐!"

엄마 얼굴이 잔뜩 찌푸려졌다.

기철이는 도시락을 가방에 넣었다. 사월이면 고등학교 2학년이 되는 기철이는 일요일에도 학교에 가서 공부를 했다. 좋은 곳에 취직하려면 성적이 좋아야 했다. 빠르면

3학년이 되자마자 취직이 결정되는 학생도 있었다.

기철이가 물었다.

"건설 회사에서 불을 냈을까요?"

"설마 아무리 공사가 급해도……, 겨울도 다 가지 않았는데, 멀쩡한 집을 태워서 사람들을 내쫓겠어?"

엄마는 여느 때처럼 어느 집 화로가 넘어졌을 거라고 했다.

윤주가 고개를 갸우뚱했다.

"아주머니, 그건 모르는 일이에요. 떠나라 해도 안 가니까 집을 태워 비린 걸지도 몰라요."

청계천에는 공사가 한창이었다. 더럽고 냄새나는 개천을 덮는 공사였다. 개천을 덮은 자리에는 넓은 도로와 건물들이 들어설 예정이었다. 집들을 그대로 두고 공사를 하고 있지만 판자촌을 모조리 없앨 것이라는 소문에 동네 사람들이 불안해했다.

"엄마, 우리 집에도 불나면 어떻게 해?"

기홍이도 이사를 가고 싶었다. 옆집 살던 순창이는 이

사 간 홍제동이 훨씬 좋다고 했다. 집이 높은 곳에 있어서 서울이 다 내려다보이고, 개천 냄새도 안 난다고 으스댔다.

엄마가 기홍이를 안심시켰다.

"걱정하지 마라. 이 동네에 윤주 아버지처럼 개천 공사장 일꾼들이 많아. 같이 일하는 사람 집에다 불을 지르지는 않을 거다."

윤주가 맞장구를 쳤다.

"그것도 맞는 말이긴 해요. 여기를 없앤다면 우리 아버지가 아시겠죠."

기철이가 안에 들여놓았던 신발을 챙겨서 문 앞에 쳐둔 바람막이 담요를 들쳤다. 방 안으로 찬바람이 성큼 들어왔다. 기철이가 신발을 신으며 기홍이를 돌아보았다.

"이따가 늦지 마."

기홍이는 배시시 웃으며 기철이에게 고개만 끄떡였다.

윤주는 엄마가 나눠 준 계란을 양손에 들고 벌떡 일어났다.

"아, 오늘이지! 어젯밤에 불이 나는 바람에 깜빡했어. 오빠, 걱정 마. 우린 안 늦을 거야."

그러더니 기철이를 앞질러 밖으로 나갔다.

기홍이는 기철이가 어려웠다. 기철이는 말도 잘 안 하고 잘 웃지도 않는다. 이젠 목소리까지 굵직해져서 아버지보다 더 무섭게 느껴질 때도 있었다. 윤주는 기홍이도 크면 그렇게 될 거라고 했다.

기홍이는 제 형처럼 되기는 싫었다. 기홍이가 닮고 싶은 사람은 막내 삼촌이었다. 삼촌은 기철이보다 겨우 두 살 더 많은데, 기홍이에 장난을 설고 엄마를 웃기기도 했다.

오늘은 기홍이가 무뚝뚝한 기철이와 창경원에 가기로 한 날이었다. 기철이 친구 상호에게 창경원 입장표 네 장이 생겼다. 상호 아버지는 높은 사람이 타는 자동차를 운전하는데, 그 사람에게서 창경원 입장표를 얻었다.

다른 일이었다면 기홍이는 엄마 없이 제 형하고만 시내에 가지 않을 것이다. 하지만 이번에는 동물을 볼 수 있는 창경원이었다. 창경원은 작년에 기홍이가 허탕을 치고 온 곳이었다.

"벚꽃 필 때 가자."

며칠 전 기철이가 이렇게 말했을 때, 기홍이는 당장 가야 한다고 고집을 부렸다.

나무에는 아직 꽃망울도 달리지 않았다. 벚꽃이 피려면 두 달은 기다려야 했다. 그러다가 작년처럼 못 가게 될까 봐 기홍이는 조바심이 났다. 그리고 윗집 윤주도 데려가자고 했다.

기철이가 잠깐 생각을 하더니 그러자고 했다.

기홍이는 너무 쉽게 허락을 받아서 의아했다. 나중에 그 말을 전해 들은 윤주가 이유를 알려 주었다.

"기철이 오빠는 네가 귀찮은 거야. 나한테 너를 맡기면 친구하고 편하게 구경할 수 있을 테니까."

윤주 말이 그럴듯했다. 하지만 기홍이는 창경원만 갈 수 있다면 아무래도 상관없었다.

기홍이는 동갑내기 선주보다 다섯 살 많은 윤주가 더

좋았다. 윤주를 보면 누나 영희가 생각났다. 영희는 윤주처럼 해방이 되던 해에 태어난 해방둥이였다. 2년 전 판자촌에 전염병이 돌 때 기홍이와 둘이 병을 앓았는데 영희는 살아남지 못했다.

윤주는 동생이 다섯 명이나 있지만 기홍이를 귀찮아하지 않았다. 기철이처럼 "넌 몰라도 돼." 하며 무시하지도 않았다. 겨울 동안 기홍이와 선주에게 구구단을 가르쳐 주기도 했다.

기홍이와 선주는 구구단을 배우며 방학 내내 싸웠다. 선주는 기홍이에게 심술쟁이라고 했고, 기홍이는 선주에게 욕심쟁이라고 했다. 기홍이가 보기에 선주는 뭐든지 다 가지려고 했다.

윤주가 또 기홍이 집으로 들어왔다. 이번에는 책 꾸러미 두 개를 방에 들여놓았다.

"아주머니, 이거 맡겨도 되죠?"

"또 책이야? 윤주는 커서 책방 차리겠네."

엄마가 웃으며 문 옆 귀퉁이에 두라고 했다.

"누나, 이렇게 많은 책이 어디서 났어?"

지난번에 선주 아버지가 어느 집 지붕을 고쳐 주고 책을 받아 왔다. 선주 아버지는 책을 팔려고 했는데 윤주와 선주가 팔지 못하게 했다. 선주는 공부하는 것은 싫어하면서 책 보는 것은 좋아했다. 그래서인지 글짓기를 잘했다. 상도 여러 번 탔다.

"보던 것들이야. 아버지가 좁다고 치우래. 종길이네가 문간방 쓰기로 했어."

기홍이 입이 쩍 벌어졌다.

"종길이네 집, 불탔어?"

"응, 이제 거기서 못 살아."

종길이는 기홍이보다 한 살 어리지만 늦게 입학을 해서 올해 2학년이 된다. 기홍이와 두 학년이 차이 난다.

"누나네 식구 여덟에다 종길이네까지, 열두 명이 같이 산다고?"

"할 수 없잖아. 봄에 종길이네가 집을 구할 때까지 같이 살 거래."

선주네 집도 기홍이네 집처럼 방 하나에 좁다란 부엌이 전부였다. 부엌 바깥에 문간방을 덧붙여 만들기는 했지만 부엌만큼이나 작았다.

윤주는 아기 둘이서 번갈아 울어 대는 통에 잠을 못 잤다고 투덜거렸다.

"기홍아, 아기가 얼마나 우는지 너도 알게 될 거야."

윤주 막내 동생 용길이는 곧 돌이 되고, 종길이 동생 수길이는 아직 갓난쟁이였다. 봄에는 기홍이에게도 동생이 생긴다.

엄마가 부른 배를 안고 일어나자, 윤주가 대야를 밖으로 내주었다.

기홍이는 들창을 열어 얼굴을 내밀었다. 아래 개천가에 벌써 드럼통이 내걸렸다. 아주머니들이 불을 지피고, 아저씨가 빨래를 널 긴 장대를 세우고 있었다.

엄마는 아주머니들과 함께 군복 염색하는 일을 했다. 염색한 군복은 인기가 많았다. 학교 선생님도 입었고, 극장 앞 아저씨도 입었고, 짐바리 자전거를 타는 일꾼도 입었다.

기홍이는 시래기 된장국에 밥을 말았다. 수저 가득 밥을 푸고 김치를 올려서 한 그릇 뚝딱 해치웠다. 양말 두 개를 신고 솜 점퍼를 입고 모래톱으로 나갔다.

개천 얼음이 많이 녹았다. 더 이상 썰매를 탈 수 없었다. 기홍이는 불 피운 곳을 힐끔거리며 막대로 언 모래를 찔렀다. 엄마는 일할 때 기홍이가 오는 것을 좋아하지 않았다.

모래톱에는 물에 떠내려온 온갖 물건들이 묻혀 있었다. 값나가는 물건이든 하찮아 보이는 사과 궤짝이나 짝 없는 신발이든, 줍기만 하면 요긴하게 쓰였다.

선주가 막내 용길이를 업고 개천으로 내려왔다. 불이 난 곳에 가 보자고 했다.

선주는 딸 부잣집 셋째 딸이다. 첫째 윤주는 올해 중학교 3학년이 되고, 둘째 희주는 국민학교를 졸업하고 인천 방직 공장에 취직을 했다. 선주 아래로 넷째와 다섯째도 딸이다. 막내 용길이만 아들이다. 용길이를 돌보는 건 선

주 몫이었다.

선주가 종길이에게 퉁명스럽게 말했다.

"따라오지 말라니까."

"따라가는 거 아니야. 우리 집에 책가방 찾으러 가는 거야."

"집이 다 탔는데, 책가방을 어떻게 찾아?"

종길이는 쏘아붙이는 선주 때문에 입이 닷 발이나 나왔다.

한 아주머니가 드럼통 밑으로 장작을 넣으며 물었다.

"종길아, 식구들은 다 괜찮아? 다친 사람은 없지?"

"네."

"갓난쟁이가 많이 놀랐겠다. 어째, 이불이라도 챙겨 왔니?"

"작은엄마가 제일 비싼 라디오는 들고 왔어요."

선주가 먼저 대답했다.

종길이는 금방이라도 울 것 같은 표정이었다.

"아버지는 쌀자루도 나르고 된장 항아리도 안고 왔는

데, 내 건 하나도 안 가져왔어요. 그리고 내가 더 놀랐어요. 동생은 잠만 자서 불난 줄도 몰라요."

검은 염색물을 막대로 젓던 아주머니가 손을 멈추었다.

"아이고, 종길이가 동생을 시샘하네."

"왜 아니겠어. 그동안 관심을 독차지했는데, 이제는 동생한테 다 뺏겼네."

아주머니들이 하하 호호 웃었다.

기홍이가 성큼성큼 앞서가는 종길이를 따라잡았다.

"책가방을 어떻게 찾아?"

"아버지가 들창 밖으로 넌졌대. 가면 찾을 수 있어."

종길이는 입학할 때 새 책가방이 생겼다. 10년 만에 둘째를 보게 된 종길이 아버지가 기분이 좋아서 남대문에 가서 책가방을 사 왔다. 판자촌에서 새 책가방을 메고 학교에 가는 아이는 종길이뿐이었다.

기홍이 책가방은 영희가 쓰던 것이다. 기홍이가 가방에 있는 빨간 줄무늬가 싫다고 했더니 엄마가 그곳을 까맣게 칠해 주었다. 영희가 살아 있었을 때엔 옷도 물려받았다.

딸이 입던 옷을 아들에게 주지 않는 집도 있지만, 기홍이
네 집은 이것저것 가릴 형편이 아니었다.

기홍이가 걱정스레 말했다.

"벌써 애들이 주워 갔으면 어떡해?"

놀란 종길이가 뛰기 시작했다.

"홍아, 오늘 아버지 오시는 날이다. 늦지 마라."

엄마가 멀어지는 기홍이를 향해 소리쳤다.

02
창경원 구경은 어려워

기홍이는 일부러 골목을 요리조리 돌았다. 책가방을 찾지 못해서 우는 종길이를 따돌리려니 조금 미안했다. 하지만 같이 갈 수는 없었다.

윤주도 집에서 몰래 나와야 했다. 한 명이라도 알았다가는 용길이를 업은 선주뿐 아니라 두 동생들까지 따라붙을 것이다. 그래서 기홍이와 윤주는 시내 한복판 천일극장 앞에서 만나기로 했다.

천변에는 시장이 열렸다. 군용 외투와 양말, 양은 냄비와 반상, 외국산 통조림과 손목시계까지 없는 게 없었다. 집에서 만들어 온 호박죽과 떡도 좌판에 놓였다.

을지로는 눈이 녹아서 질퍽거렸다. 별표연탄 가게 앞으로 연탄 가루가 섞인 시커먼 물이 흘러내렸다. 자동차가 지날 때마다 사람들이 몸을 피했다. 천변 맞은편으로는 길을 따라서 구덩이를 파 놓았다. 물이 지나는 수도관을 묻는 공사였다. 아주머니들이 구덩이 옆에 있는 돌을 앞치마로 날랐다. 선주 엄마도 여기서 일을 한다.

기홍이는 전차가 지나가길 기다렸다가 길을 건넜다. 맞춤 양장점 문에 쌍둥이 자매 가수가 똑같은 외투와 똑같은 털목도리를 두르고 있는 사진이 붙어 있었다. 솜틀집을 지나고, 단팥빵집을 재빨리 지났다. 빵집은 오래 구경할수록 먹고 싶은 마음이 커졌다. 그건 먹을 수 없어서 속상한 마음이 커지는 것과 같았다.

기홍이가 좋아하는 곳은 자전거 점포였다. 기홍이는 기철이와 함께 쇳조각을 모아서 주인아저씨에게 판 적이 있었다. 그때 점포 안에서 앙증맞은 자전거를 보았다. 짐을 싣는 짐바리 자전거를 반으로 줄여 놓은 듯 작은 것이 알록달록하기까지 했다. 기홍이는 그렇게 작고 예쁜 자전거를 길에서 본 적이 없었다.

아저씨가 전파상에서 틀어 놓은 노래를 흥얼거리며 자전거 바퀴를 이리저리 돌렸다. 바람이 새는 구멍을 찾는 중이었다.

"저쪽으로 가서 놀아라."

점포 안을 기웃거리던 기홍이는 아저씨 목소리에 뒤로 물러났다.

천일극장에는 상영 영화를 알리는 간판이 바뀌어 있었다. 말을 탄 총잡이 그림이 내려가고, 수염이 덥수룩한 남자 어깨에 원숭이가 앉아 있는 그림이 걸렸다. 원숭이 팔에 난 털과 커다란 눈이 진짜처럼 보였다.

문득 기홍이는 작년에 창경원에 가려고 했던 날이 떠올랐다. 그날은 살아 있는 원숭이를 볼 수 있는 날이었다. 그것도 공짜로 말이다.

삼월이 시작되자 거리에 '대통령 탄신일'을 축하하는 플래카드가 걸렸다. 지프차들이 대통령의 만수무강을 바라는 글이 쓰인 천을 붙이고 거리를 지나다녔다.

반도호텔에는 붓글씨로 쓴 흰 천이 길게 걸렸다.

제84회 이승만 대통령 탄신일 경축 행사
—단기 4292년 3월 26일 서울운동장—

학교에서도 경축 행사를 준비했다. 기홍이네 반은 한 달 전부터 노란 종이꽃을 만들고 대통령을 맞이하는 노래를 연습했다. 평소에는 학급별로 연습했고, 월요일에는 전교생이 운동장에 모여서 합창을 했다.

어느 날 기홍이와 선주, 종길이는 집으로 오다가 놀라운 소식을 들었다. 전파상에서 틀어 놓은 라디오에서 이번 대통령 탄신일에는 창경원을 무료로 구경할 수 있다고 했다. 그날은 학교에 가지 않는 임시 공휴일이었다.

"대한민국 국민이면 누구나 공짜래. 가자."

"난 무조건 갈 거야."

기홍이와 선주가 한마디 말싸움도 없이 마음을 맞췄다.

하지만 아이들은 놀기 전에 할 일이 있었다.

그날 아침, 전교생이 학교 운동장에 줄을 섰다. 학생들은 학급별로 만든 색이 다른 종이꽃을 양손에 하나씩 들고 교문을 나갔다.

거리에는 만국기가 휘날렸다. 광화문 앞에는 무기를 실은 군용 자동차와 멋지게 차려입은 군인들이 늘어섰다. 시민 대표단은 한복과 양복을 맞춰 입고 꽃과 태극기를 들었다. 교복을 입은 학생들은 플래카드를 앞세우고 거리를 행진했다.

기홍이는 구경을 하느라 자꾸만 대열에서 벗어났다. 그때마다 선생님에게 혼이 났다. 기홍이네 반이 서 있을 자리가 정해졌다. 왼쪽으로 일곱 걸음, 앞으로 두 걸음, 옆 사람과 반 팔 간격, 많은 학생들이 줄을 맞추느라 한바탕 소란이 벌어졌다.

"자, 일동 차렷! 각자 자리를 기억합니다. 그 자리에서 움직이면 안 됩니다!"

선생님 호령에 아이들이 바르게 섰다.

기홍이가 있는 곳에서 시청과 국회의사당이 보였다. 잘하면 대통령을 직접 볼 수 있을 것 같았다.

기다려도 대통령이 오지 않았다. 춥고 지루하고 다리가 아팠다. 순창이가 제자리 뛰기를 하는 것을 보고 기홍이도 따라 했다. 곧 널뛰기 놀이가 시작되었다. 한 명이 뛰어올랐다가 땅을 밟으면 다른 한 명이 재빨리 뛰어오르는 게 규칙이었다. 그러다가 선생님에게 또 야단을 들었다.

선생님이 멀어지기를 기다렸다가 순창이가 속삭였다.

"너 서울운동장 가 본 적 있어?"

"없다. 왜?"

순창이는 툭하면 자랑을 했다. 집에 새 라디오가 생겼다, 카스텔라를 먹어 봤다, 남대문 시장에서 바나나가 산처럼 쌓여 있는 것을 봤다, 하는 것들이었다. 이번에도 순창이가 그럴 줄 알았다.

"나도 가 본 적 없는데, 오늘 갈래?"

순창이는 대통령이 탄 꽃마차를 따라서 서울운동장에 가자고 했다. 가기만 하면 안으로 들어갈 방법이 있다고 했다.

"싫어. 난 창경원에 갈 거야."

"뭘 모르네. 서울운동장에서 탄신일 축하 행사를 보고 창경원에 가면 되지. 그러면 두 군데 다 구경할 수 있잖아. 하여간 넌 머리가 깡통이야."

"뭐라고? 나보다 산수도 못하면서. 너 저번에 셈하기 시험 30점 맞은 거 알거든!"

순창이가 제 점수를 들춘 기홍이에게 주먹을 번쩍 치켜들었다. 선생님이 와서 아이들 이마에 차례로 꿀밤을 먹였나.

"너희 둘, 내일부터 일주일 변소 청소다."

선생님은 한 번 더 걸리면 청소가 한 달로 늘어날 거라고 겁을 주었다.

한참을 기다린 후에 대통령이 온다는 소식이 광화문 쪽에서 전달되었다.

아이들은 선생님의 지휘에 맞춰서 노래를 시작했다. 멀리까지 노래가 들리도록 아주 큰 소리로 불러야 했다. 노래를 스무 번쯤 불렀을 때 텅 빈 도로에 말을 탄 경찰들이 왔다. 경찰들은 멀리까지 말을 몰고 갔다가 되돌아오기를 반복했다. 말이 가까이 올 때마다 기홍이는 목소리를 높였다.

이어서 지프차들이 나타났다. 이번엔 선생님 신호에 맞춰서 만세를 외치며 꽃을 흔들었다. 기홍이 앞으로 자동차가 줄줄이 지나갔다. 그것으로 끝이었다. 대통령이 타고 온다는 꽃마차는 보이지 않았다.

뒤늦게 대통령이 지나간 자동차에 탔다는 소식이 전해졌다. 아이들과 시민들이 자동차를 보려고 도로 중앙으로 우르르 쏟아져 나왔다. 놀란 경찰들이 요란하게 호루라기를 불었다. 선생님들도 아이들에게 자리로 돌아가라고 소리쳤다.

기홍이는 그제야 꽃을 든 팔을 내렸다.

"봤어?"

순창이가 고개를 흔들었다.

"넌?"

"나도 못 봤어."

기홍이는 목이 쉬었다. 한껏 부풀려 둔 종이꽃도 축 늘어졌다.

선생님이 알려 준 대로라면, 대통령은 말이 끄는 꽃마차를 타고 시청까지 와야 했다. 학교 대표로 뽑힌 아이가 꽃목걸이를 들고 나갈 때 나머지 아이들이 일제히 종이꽃을 번쩍 들어 만세를 부르기로 되어 있었다.

"자, 내일 등교합니다. 모두 해산!"

선생님 말에 기홍이는 힘이 쭉 빠졌다.

"서울운동장 갈 거야?"

"자동차를 어떻게 따라가!"

순창이가 투덜거렸다.

거리는 환영 행사에 나왔던 사람들로 붐볐다. 보신각을 지날 때 선주와 종길이를 만났다. 선주네 반은 반도호텔 앞에, 종길이는 덕수궁 담 아래에 있었다고 했다.

순창이가 물었다.

"선주야, 너는 대통령 할아버지 봤어?"

"못 봤어. 서울운동장 행사에 늦어서 거리 축하 행사가 취소되었대. 그래도 저 위쪽에는 했을 거래."

위쪽은 경무대와 가까운 곳을 말하는 것이었다.

"우리 누나 공연 시작하겠다."

순창이 누나가 다니는 여자 중학교에서 탄신일 축하 행사로 합동 체조 공연을 하기로 되어 있었다. 어김없이 순창이 자랑이 이어졌다.

"누나가 아침에 하얀 운동복에 하얀 운동화를 신고, 노란 모자까지 쓰고 갔어. 엄청 멋지더라. 공연 끝나면 빵도 받는대. 갔으면 너희들도 우리 누나 볼 수 있는데……."

선주가 어림도 없다고 했다.

"말 타는 경찰이 지켜서 운동장에 못 들어가."

"아니야. 누나가 그랬어, 학생들이 들어가는 문이 따로 있다고. 우리도 그리로 가면 된단 말이야."

얌전히 있던 종길이가 창경원에 가자고 재촉했다.

창경원이 가까워질수록 거리는 인파로 넘쳐났다. 아이들 뒤로도 창경원을 구경하려는 사람들이 계속 밀려왔다.

사람들은 먼저 가려고 밀치고, 소리치고, 싸움까지 벌어졌다. 이리저리 떠밀리던 아이들은 뿔뿔이 흩어져 버렸다.

확성기가 지이잉 울렸다.

"여러분! 줄을 서세요. 밀지 마세요. 사고 납니다."

확성기 안내 방송 때문에 더 소란스럽기만 했다.

기홍이는 어른들에게 파묻혀서 앞이 보이지 않았다.

"기홍아, 신기홍! 여기야, 여기."

저 멀리 나무 위에서 순창이가 아이들을 불러 모았다. 간신히 아이들이 나무 아래로 다시 모이긴 했지만 홍화문까지 가는 건 불가능했다.

결국, 기홍이는 어두워질 때까지 창경원에 들어가지 못했다. 배가 고팠다. 다리도 아팠다. 무엇보다 공짜 구경을 놓쳐서 분하고 화가 났다. 집으로 돌아가며 친구들 몰래 눈물을 닦았다.

오늘은 창경원 구경이 공짜가 아니었다. 작년처럼 사람이 많이 몰릴 리가 없었다. 서로 들어가려고 몸싸움을 하지 않아도 된다.

기홍이는 천일극장으로 오는 윤주를 보고 놀랐다. 아침까지만 해도 윤주는 국방색 털모자를 뒤집어쓰고 스웨터에 솜바지를 입고 있었다. 그런데 지금은 목까지 오는 하얀 티셔츠에 교복 치마를 입고 코트를 걸쳤다. 양 갈래로 묶은 머리에 반지르르 윤이 났다.

기홍이는 어딘가를 골똘히 쳐다보는 윤주에게 다가갔다.

"부럽다. 나도 저렇게 해 보고 싶다."

윤주가 '교복 센타'라고 쓰인 상점을 가리켰다. 그곳에는 여학생 둘이 고등학교 교복 치마를 번갈아 가며 몸에 대어 보는 중이었다.

봄이 되면 윤주는 수업을 마치고 효자동 양장점에서 심부름하며 일을 배우기로 했다. 그렇게 일 년을 채우고 나면 정식 점원으로 월급을 받을 수 있었다. 고등학교에 진학을 하지 못하고 취직을 해야 하는 것이다.

둘은 극장 모퉁이를 돌아서 종로로 올라갔다. 곳곳에

건물을 짓느라 모래 더미와 나무판자들이 길을 막고 있었다. 그것들을 피하려다가 자동차 경적에 깜짝 놀라서 상점 담벼락에 붙었다.

소달구지 뒤로 택시와 군용 트럭이 경적을 울려 댔다. 택시 운전사가 창으로 얼굴을 내밀고 비키라고 소리를 질렀다. 소달구지를 끄는 아저씨가 코뚜레를 당겨도 소는 제자리에서 콧김만 씩씩 뿜어 댔다. 잠시 후 맞은편으로 전차가 왔다. 소는 다가오는 전차에 놀랐는지 뒷걸음질을 쳤다. 뒤에 있는 택시가 더 시끄럽게 경적을 울렸다.

결국 아저씨와 씨름하던 소는 전차가 지나간 후 똥을 철퍼덕 떨어뜨리고 나서야 앞으로 움직였다. 자동차들이 소똥을 고스란히 밟고 지나갔다. 기홍이와 윤주는 코를 싸쥐고 키득거렸다.

그런데 기홍이는 공사장 모래 더미 뒤에 있는 선주와 종길이를 발견했다. 윤주와 눈이 마주친 선주가 다가오더니 혀를 날름 내보였다.

"새 옷을 꺼내 입을 때 알아봤어."

종길이는 기홍이 팔을 슬쩍 잡았다.

"형이 세수하는 거 봤어. 형은 학교에 갈 때 추워서 세수 안 하잖아."

기홍이가 손을 뿌리치자, 종길이는 윤주 옆으로 갔다.

"누나, 어디 가는데?"

"공부할 책 빌리러 가. 기철이 오빠 친구가 빌려주기로 했어."

윤주가 아무렇지도 않게 거짓말을 하고 성큼성큼 앞서 갔다. 선주가 뒤에 바짝 붙었다.

"그럼 기홍이는 왜 같이 가는데?"

"기홍이가 그 집을 아니까 그렇지, 요 멍청아."

윤주가 선주에게 꿀밤을 먹였다.

종길이가 눈치 없이 굴었다.

"거기가 어딘데?"

윤주가 대답하라는 듯 기홍이를 보았다.

"삼청동."

기홍이가 알고 있는 형 친구라고는 상호뿐이었다. 상호

집이 삼청동에 있었다.

"우리는 밖에서 기다리면 되잖아."

선주 말에 윤주가 버럭 소리를 질렀다.

"용길이는 어떡하고 왔어?"

"용길이 젖 먹고 자. 작은엄마가 놀다 오라고 했단 말이야. 난 놀지도 못해?"

선주가 울먹였다.

"집에 가. 풀빵 사 갈게."

윤주가 늦었다며 기홍이 손을 잡고 획 돌아섰다. 선주와 종길이는 더 이상 따라가지 않았지만 기홍이가 모퉁이를 돌 때까지 그 자리에서 서 있었다.

봄이 되면 기홍이에게도 동생이 생긴다. 그땐 기홍이도 선주처럼 맘대로 놀지 못할 것 같았다. 아버지와 삼촌은 한 달에 한두 번 집에 오고, 기철이는 공부밖에 모르고, 엄마는 군복 염색과 바느질 일을 계속할 것이다. 동생은 기홍이 차지가 될 게 뻔했다.

창경원 담을 따라서 구두닦이들이 나란히 앉아 있었다.

어른도 있었지만 학생 모자를 쓴 학생이 많았다. 그들 뒤로 한자가 쓰인 큰 종이판을 목에 걸고 서 있는 사람들이 있었다. 기홍이는 극장 앞에서도 이런 사람들을 봤다.

"누나, 뭐라고 쓰여 있어?"

"구직, 할 일을 구한다는 거야. 돈이 필요하니까 일을 시켜 달라는 거지."

"그런데 왜 구두 닦는 데 서 있어?"

"구두를 닦으러 오는 사람들은 돈이 있는 사람들이잖아. 그러니 일할 사람이 필요할 수 있지. 혹시 알아? 저기 있는 신사들 중에서 원기소를 만드는 사장님이 있을지."

"정말?"

기홍이는 구두 통에 발을 올려놓은 손님들을 찬찬히 살폈다.

원기소는 아이들이 먹는 최고급 영양제였다. 자랑을 입에 달고 사는 순창이도 원기소만큼은 먹어 보지 못했다.

작년에 기철이가 코피를 쏟으며 아팠을 때 삼촌이 원기소를 사 왔다.

"우리 집 장남이 건강해야지."

삼촌은 기철이에게 늘 기둥이니 장남이니 하며 추켜세
웠다. 그건 아버지와 엄마가 더 심했다. 기철이가 잘되어
야 식구들이 잘되는 것이라고 했다.

영양제 병뚜껑을 뜬 날, 기홍이는 기철이에게서 원기
소 한 알을 받았다. 기홍이는 알약을 혀에 올려놓고 조금
씩 핥아 가며 아껴 먹었다. 원기소는 구수하고 달았지만
빨리 녹았다. 그 후로 기홍이는 몇 번이나 알약을 몰래 꺼
내 먹었다.

구두닦이 줄 낸 끝에 노래로 보이는 아이가 있었다. 학
생 모자가 커서 얼굴을 반이나 가렸다. 그 아이 앞에는 손
님이 없었다.

윤주가 그 아이를 빤히 보는 기홍이에게 물었다.

"왜? 아는 아이야?"

기홍이는 구두닦이 아이보다 앞에 놓인 영어가 쓰여 있
는 구두 통을 먼저 알아보았다.

지난 가을, 기홍이는 엄마를 따라서 배추를 사러 갔다.

시장 입구에 한 아이가 코피를 흘리며 물건을 줍고 있었다. 기홍이가 발에 차이는 구둣솔을 주워서 아이에게 주었다. 그때 아이가 메고 있던 구두 통에도 영어가 쓰여 있었다.

홍화문 앞이 무척 한산했다. 먹을 것을 파는 좌판에도 손님이 없었다.

"이상하다. 날씨도 좋은데 사람이 없네."

기홍이와 윤주는 돌계단에 앉아서 기철이와 상호를 기다렸다. 한참 후에 기홍이는 윤주가 시키는 대로 입장표를 받는 아저씨에게 갔다.

"아저씨, 지금 몇 시예요?"

"두 시하고 반이 넘었다."

약속 시간이 지났다.

둘은 창경원을 드나드는 사람들을 보며 또 기다렸다.

다시 시간을 물으러 갔을 때 아저씨가 네 시가 지났다고 했다.

"오늘 마장동에서 선거 유세가 크게 열린다. 죄다 거기로 몰려갔어."

다음 달에 대통령과 부통령을 뽑는 선거가 있었다.

"우리 형은 학생이에요. 투표 안 해요."

"투표 안 하는 학생들도 유세장에 많이 갔다."

아저씨가 기홍이에게 기다리는 형이 안 올 모양이라고
했다.

햇볕이 줄어서 추웠다. 조금씩 어두워지고 있었다.

"그만 가자."

윤주가 잔뜩 움츠리고 있는 기홍이를 일으켰다.

기홍이는 약속을 안 지키는 기철이를 원망하며 바보 멍
청이라고 중얼거렸다.

03
개천에서 용 난다

깜깜한 하늘에 별이 떴다. 기홍이 배 속에서 꼬르륵 소리가 났다. 늦어지는 아버지를 기다리느라 저녁밥을 먹지 못했다.

"홍아!"

멀리서 들리는 소리에 기홍이는 밖으로 뛰어나갔다.

아버지와 삼촌이 커다란 책상을 맞잡고 오고 있었다. 문이 좁아서 책상이 간신히 집 안으로 들어왔다.

"아버지, 이게 뭐예요?"

책상을 내려놓은 아버지가 주전자를 들어서 물을 벌컥 벌컥 마셨다.

"기철이가 공부할 책상이다."

아버지는 용산 공사장에서 일을 하고, 삼촌은 인근 미군 기지 앞 파리화방에서 일한다. 파리화방은 미군 기지 군인들에게 그림을 파는 곳이다. 평소에 아버지와 삼촌은 일을 하는 곳 근처인 해방촌에서 지내다가 쉬는 날에 집으로 왔다.

삼촌이 기홍이 머리를 쓰다듬으며 반가워했다.

"화방 손님 존슨한테 얻었어. 존슨은 미국으로 돌아가서 제대를 한대."

삼촌은 선생이 나는 바람에 국민학교를 간신히 졸업했지만 영어를 할 줄 알았다. 오랫동안 미군 부대 앞에서 구두를 닦고 심부름을 한 덕분이었다.

"이 무거운 걸 여기까지 들고 온 거예요?"

걱정스러운 말과 다르게 엄마가 환하게 웃었다. 책상은 기름을 바른 듯 윤이 났고, 짧은 다리가 아주 튼튼해 보였다. 궤짝 두 개를 붙여서 공부하던 기철이에게 멋진 책상이 생겼다.

“이걸 보고는 버스도 전차도 안 태워 줬어.”

아버지는 걸어서라도 가지고 올 수 있어서 뿌듯하다고
했다.

“형수님, 미국인들은 이걸 테이블이라고 해요. 존슨은
여기에 이만한 꽃병을 올려놓았대요.”

삼촌이 항아리를 안을 수 있을 만큼 양손을 크게 벌렸다.

기홍이가 앉아 보니 테이블이 가슴까지 왔다.

"엄마, 여기서 밥 먹자."

"떽! 공부하는 책상이라니까."

아버지와 삼촌은 종종 미군 부대에서 나오는 비스킷이
나 통조림 같은 귀하고 맛있는 것들을 가져왔다. 오늘은
테이블 말고는 줄에 꿴 빈 깡통이 전부였다. 깡통은 납작
하게 펴서 비가 새는 지붕에 덧대거나 쥐가 갉아 놓은 벽
에 난 구멍을 막았다. 하지만 대부분은 차곡차곡 모아서
내다 팔았다.

"기칠이는 어디 갔어?"

"형, 공부하러 가서 아직 안 왔어요."

기홍이는 형이 약속을 지키지 않았다는 것을 아버지에
게 말하지 않기로 했다. 엄마가 그렇게 하라고 시켰다. 엄
마는 창경원에 오지 않은 기칠이를 걱정하고 있었다.

밥상 가운데 먹음직스러운 고등어구이가 놓였다. 아버
지가 오는 날에만 먹을 수 있는 특별한 반찬이었다.

기홍이는 밥을 숟가락 가득 펐다. 그때 밖에서 "기홍

아.” 하고 부르는 소리가 들렸다. 방문을 연 기홍이가 주춤 뒤로 물러났다.

기철이가 교복 단추가 뜯겨진 채로 모자도 없이 돌아왔다. 입술이 터진 상호가 기철이 책가방을 기홍이에게 건넸다.

“기철아, 이게 무슨 일이야?”

엄마가 기철이를 끌어다 앉혔다.

상호가 꾸벅 인사를 했다.

“죄송합니다.”

아버지가 기철이에게 엄하게 물었다.

“싸웠어?”

“시비가 있었어요.”

“네가 싸움을 했단 말이야?”

엄마는 기철이 말이 믿기지 않았다.

상호가 기철이 옆에 꿇어앉았다.

“옆 학교 학생들이 기철이에게 시비를 걸었어요. 어떻게 알았는지 기철이더러 이북에서 태어났다고 빨갱이 운

운하며 화를 돋웠어요."

곧바로 아버지 표정이 어둡게 변했다.

아버지와 엄마는 고향이 이북이었다. 전쟁이 나자, 아버지는 엄마와 기철이, 영희 그리고 막내 삼촌을 데리고 남쪽으로 피난을 왔다. 기홍이는 엄마 배 속에 있었다. 그게 고향 친척들과 마지막이었다. 그 후로는 할아버지와 작은아버지 식구들 그리고 외가 쪽 누구도 만나지 못했다. 아버지와 엄마는 그들 모두가 남쪽으로 오지 못했을 거라고 짐작할 뿐이었다. 친척들이 지금 이북에 살아 있다면, 사람들은 그들이 전쟁 중에 북한 군인들 편을 들어서 무사한 것이라고 수군댈 것이다. 그렇다면 기홍이 식구들이 빨갱이로 몰려도 할 말이 없었다.

"참았어야지."

기홍이는 화가 난 것 같기도 하고 슬픈 것 같기도 한 아버지 눈치를 살폈다.

"그것만이면 기철이도 참았을 텐데……."

덧붙이는 상호 말을 기철이가 막았다.

"제가 공부 좀 하니까 꼬투리 잡아서 싸움을 걸었어요. 게다가 이쪽에 산다고 무시하는 거예요."

삼촌이 발끈 화를 냈다.

"그러니까! 상호는 그냥 두고, 판잣집 하꼬방에 사는 기철이한테만 그랬구나. 기철이만 얕잡아 봤어!"

상호가 허둥지둥 인사를 하고 가 버렸다.

기홍이는 창피했다. 판자촌에서 하꼬방이니 개미굴이니 하는 말을 좋아하는 아이는 아무도 없었다. 그런 걸 말로 하는 삼촌이 미웠다.

판자촌은 서울에 사는 사람이면 누구나 살기를 꺼려 했다. 이곳은 겨울에 자주 불이 나는 것 말고도 문젯거리가 많았다. 얼었던 땅이 녹으면 길이 질퍽한 진창이 되고, 공동변소에서 나오는 오물에다가 집집마다 내다 버리는 물과 쓰레기가 더해져서 개천에서 악취가 가실 날이 없었다. 거기에 파리와 모기, 바퀴벌레와 쥐까지 득실대서 해마다 전염병이 돌았다.

"나도 놀림받는단 말이에요. 아이들이 어디 사냐고 묻

는 게 제일 싫어요.”

기홍이는 쥐가 이불 속으로 파고드는 추운 겨울도 싫지만, 벌레가 많고 지붕에서 비가 새는 덥고 냄새나는 여름이 더 싫었다.

엄마가 한숨을 쉬었다.

“그럴 만도 하지. 천변만 나가면 극장이다 백화점이다, 높은 건물이 들어서고 자동차가 수도 없이 다니는 서울 한복판이잖아.”

아버지가 수저를 들었다.

“조금만 참아라. 머지않아 우리도 이사 갈 수 있다.”

지글지글 기름이 끓던 고등어구이가 다 식었다.

기홍이가 부산에서 서울로 온 것은 1953년 휴전이 된 가을 무렵이었다. 식구들은 고향으로 가는 열차를 탔지만 뒤늦게 휴전선 너머로는 갈 수 없다는 것을 알고 용산역에서 내렸다. 사람 많은 서울에 있어야 고향 소식을 들을 수 있을 것 같아서였다.

기홍이네는 처음에 마당이 있는 빈집 방 한 칸에서 살

앉다. 그런데 겨울이 되기도 전에 피난을 갔던 주인이 돌아왔다. 그 후에 여러 번 이사를 다니다가 청계천 판자촌에 자리를 잡았다. 잠시 머물려고 했던 서울에 눌러앉은 것이다. 엄마는 처음 살았던 곳처럼 마당에 수도와 변소가 있는 집을 갖는 게 소원이었다.

아버지가 밥상을 물리자 기철이가 할 말이 있다고 했다.

"저 대학교에 진학하겠어요."

모두가 깜짝 놀랐다.

"동생들을 위해서 제가 길을 터야 해요. 삼촌도 말했잖아요. 배우는 것만이 살길이라고요."

삼촌은 기홍이 형제에게 사람은 많이 배우고 큰 세상으로 나가야 한다고 말했다. 세상은 상상도 못 할 만큼 넓고 그만큼 많은 돈벌이가 있다는 것을 미군과 일을 하며 알게 되었다는 것이다.

"대학을 나와서 은행에 취직하고 싶어요."

"은행은 고등학교를 나와도 갈 수 있다."

아버지 말에도 기철이가 단단히 결심이 선 듯 물러나지

않았다.

"하지만 대학을 나오면 대우가 달라요. 승진을 하는 것도 유리하고요."

삼촌이 나섰다.

"형님, 여기저기 개발이 되고 있으니 돈 흐름이 점점 많아질 거예요. 제 생각에도 은행이 크게 발전할 것 같아요. 은행에서는 아무래도 전문 지식을 갖춘 인재가 필요하지 않겠어요."

"담임 선생님도 같은 말씀을 하셨어요."

"형님, 저도 학비를 보낼게요. 개천에서 용이 날지 누가 압니까?"

엄마가 손사래를 쳤다.

"아휴, 삼촌은 돈 모아서 얼른 장가를 가야지."

"형수님, 식구들이 자리 잡는 게 먼저예요. 그리고 형님께는 이미 말씀드렸는데요, 존슨이 저를 미국으로 초청하기로 했어요. 저는 미국에 가서 돈을 벌 거예요."

삼촌은 살아갈 계획이 있다고 자신 있게 말했다.

곰곰이 생각하던 아버지가 물었다.

"생각해 둔 학교가 있어?"

"선생님과 상의 중이에요. 장학금도 알아봐 주신다고 했어요."

아버지는 한참 후에야 고개를 끄떡였다. 허락이 떨어진 거나 마찬가지였다.

"기철아, 잘했다. 역시 장남이라 생각이 깊다. 형님, 힘들어도 다 같이 해 봐요. 두고 보세요. 사람들이 무시하는 이 개천에서 하늘로 날아오르는 용이 날 겁니다."

삼촌은 기철이가 이미 대학에 합격한 것처럼 기뻐했다.

엄마 목소리가 한껏 올라갔다.

"그럼요, 공부하는 자식 뒷바라지는 얼마든지 하지요."

여전히 기홍이는 약속을 지키지 않은 기철이가 못마땅했다. 하지만 형이 대학교 배지를 다는 상상을 하니 가슴이 벅찼다. 그렇게만 되면 기홍이에게는 순창이가 입도 떼지 못할 자랑거리가 생기는 것이다.

04
슈샤인 보이 일남이

"꽈광, 꽈광, 꽝."

이른 아침, 땅이 울리고 집이 흔들렸다.

엄마가 황급히 기홍이와 기철이를 집 밖으로 끌어냈다.

"어쩌면 좋아, 또 기둥을 세우나 보다."

연이어 큰 소리가 이어지더니 판잣집들 지붕에서 우수수 먼지가 떨어졌다.

공터 앞 변소에서 한 아저씨가 괴성을 지르며 뛰쳐나왔다. 바지를 다 끌어 올리지 못하고 엉덩이를 드러낸 채로 바닥에 풀썩 엎드렸다.

"살려 주십쇼. 항복입니다. 살려 주십쇼."

아저씨는 전쟁에 나갔다가 다친 상이용사였다. 총을 잘못 쏘아서 왼쪽 팔을 잃었다. 평소에는 멀쩡하다가도 오늘처럼 큰 소리가 나면 아무에게나 살려 달라며 빌었다.

기홍이는 전쟁이 나던 해에 부산에서 태어났다. 그래서 전쟁에 대해서는 아무것도 기억하지 못했다.

어른들은 한결같이 전쟁을 무서워했다. 사람들이 죽고, 헤어지고, 집을 잃은 게 모두 전쟁 때문이라고 했다. 춥고 배고픈 피난 생활은 생각만 해도 몸서리가 쳐진다고 했다. 판자촌에는 기홍이 부모님처럼 전쟁을 피해 고향을 떠나와서 시금까지 돌아가지 못하고 있는 사람들이 많았다.

이번에는 뭔가 부서지는 소리가 났다. 사람들이 소리가 나는 곳으로 우르르 몰려갔다. 물가에 있던 집이 한쪽으로 기울어지며 지붕이 무너지고 있었다. 공사로 땅이 흔들리는 바람에 집을 받치는 나무 기둥이 쓰러진 것이다.

그 광경을 보던 기철이가 신발을 고쳐 신었다.

"여기도 여름에는 공사가 시작될 것 같아요."

그제야 기홍이는 공사 현장이 한층 가까워져 있는 것을

깨달았다.

기홍이는 집을 나서는 형을 따라잡았다.

"형, 동물 보러 언제 갈 거야?"

"나중에."

"나중에 언제?"

기철이는 동급생과 싸우고부터 일요일에는 학교에 가지 않고 상호 집에서 공부를 했다.

"형, 공짜 표 나 주면 안 돼?"

"나한테 없어."

기홍이는 기분이 나빠졌다. 대답만 툭 내뱉고 그대로 골목을 올라가 버리는 형이 원망스러웠다. 윤주가 창경원에 가는 건 기철이가 말할 때까지 얌전히 기다리자고 했다. 그 말을 들을걸, 기홍이는 후회했다.

집 앞에서 엄마가 기홍이를 불렀다.

"홍아, 단추를 받아서 곧장 집으로 와야 한다."

오늘 기홍이는 천일 백화점 뒤에 있는 포목점으로 심부름을 가야 했다. 당장 가려는 게 아니었는데, 엄마 말에 골목을 나섰다.

포목점에 처음으로 간 건 작년 여름이었다. 엄마가 일
감을 부탁하러 가는 곳에 같이 가자고 했다. 주인이 까다
로워서 일감을 잘 주지 않는다는 소문 때문이었다.

그날 포목점이 모여 있는 골목을 몇 번이나 오르내리다
가 겨우 그 상점을 찾았다.

주인아주머니는 엄마가 솜씨를 보여 주려고 가져간 바느
질한 옷을 꼼꼼히 들여다보았다. 그러고는 바느질이 마음
에 든다거나 안 든다거나 하는 말도 없이 장부를 펼쳤다.

"윤주 엄마 소개로 왔다고 했지요? 아이 이름이 뭐
예요?"

"기홍이네라고 적어 두세요. 애가 신기홍이에요."

"어디 신씨예요?"

"저희는 평산 신가예요."

갑자기 아주머니가 화들짝 놀라며 반가워했다.

"어머나, 우리 일가네. 친정이 평산 신씨예요."

"아, 그러세요! 집안 일가를 여기서 만나네요."

무뚝뚝하던 아주머니 태도가 변했다. 기홍이와 엄마에게 앉으라고 하고 시원한 식혜를 내주었다. 그때부터 엄마는 포목점에서 일감을 받아 왔다.

기홍이는 단추가 든 자루를 두 팔로 안았다. 골목을 나오다가 국밥집 벽에 붙은 선거 벽보를 보았다. 다음 달 15일이 투표를 하는 날이었다.

'갈아 보자 못 살겠다'

'갈아 봤자 더 못 산다'

구호가 우스웠다. 벽보로 서로가 싸우는 것 같았다.

대한민국은 기홍이가 태어날 때부터 줄곧 같은 사람이 대통령이었다. 선거를 해도 바뀌지 않았다. 기홍이는 한 사람을 두고 계속 투표하는 어른들이 참으로 이상했다.

모퉁이 담벼락에는 이승만 대통령과 이기붕 부통령 후보 사진이 붙어 있었다. 그 옆에는 조병옥 박사와 장면 박사 사진도 있었다. 두 벽보 사이에 '현장 선거 물리치자'라고 쓰여 있었다.

사진을 가만히 올려다보던 기홍이는 뒤꿈치를 들어서 사진을 만져 보았다. 담벼락이 거칠었다. 그래서 대통령 얼굴이 울퉁불퉁하게 보였던 것이다.

그때 국밥집 문이 벌컥 열렸다.

"요놈! 함부로 각하 존영에 손을 대? 누가 시키더냐? 각하 용안을 훼손하라고 누가 시켰어?"

아저씨가 성큼 다가와서 기홍이 뒷덜미를 잡았다.

잔뜩 겁을 먹은 기홍이는 말이 한마디도 나오지 않았다. 존영은 대통령 얼굴이 있는 사진을 말하는 것이었다. 교실 칠판 위에도 대통령 사진이 걸려 있었다.

아저씨가 기홍이 품에서 자루를 빼앗았다. 자루 귀퉁이가 찢어지면서 단추가 쏟아졌다.

기홍이가 삐죽삐죽 울먹였다.

"돌려주세요. 엄마 심부름이에요."

"대통령 각하를 욕보이는 건 빨갱이들이 하는 짓이야. 빨갱이 짓을 하면 벌을 받아야지! 집이 어디야?"

아저씨가 기홍이 등을 밀쳤다. 앞장서라고 다그쳤다.

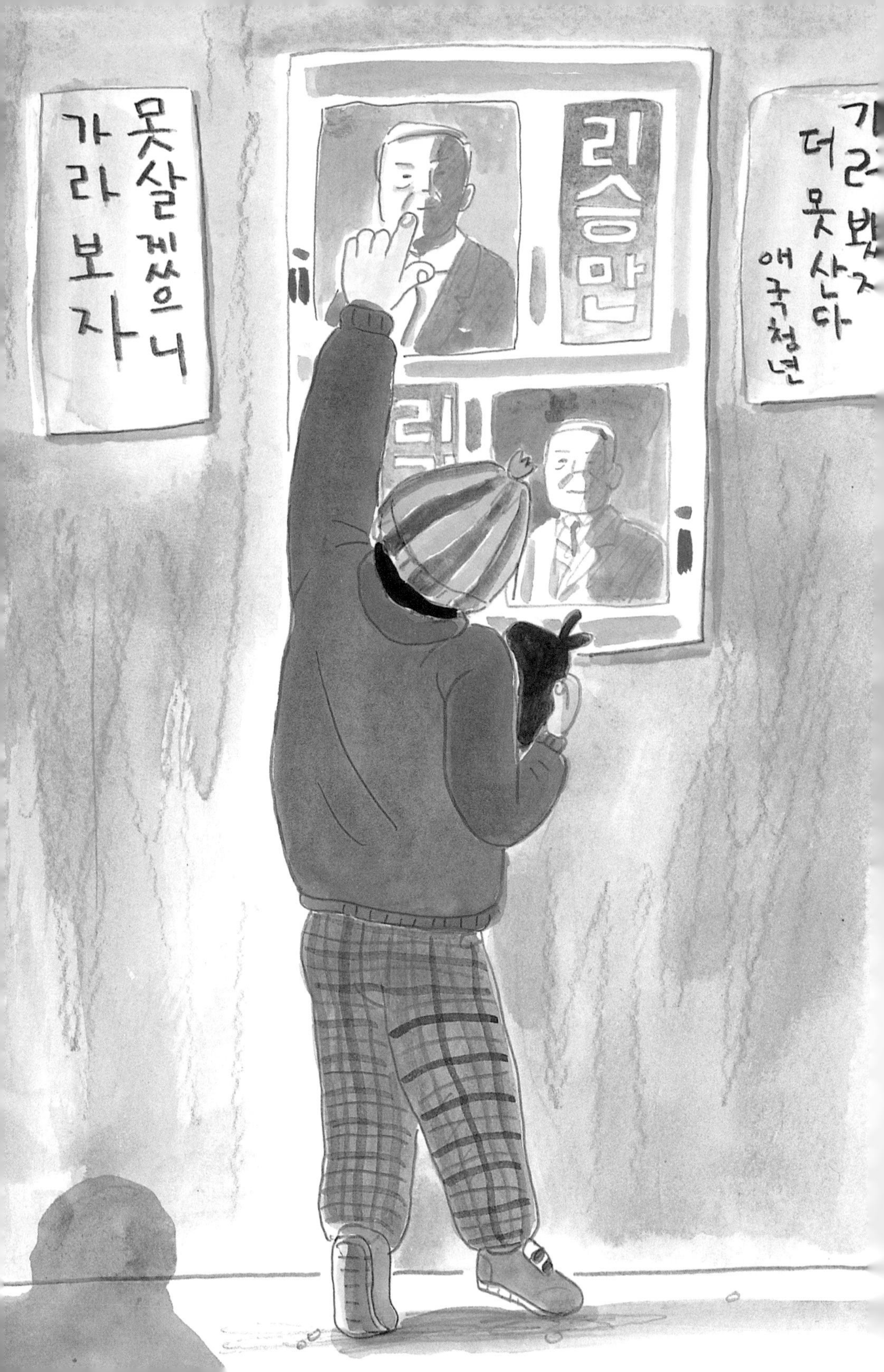

못살겠으니
가라보자
리승만
더 못산다
애국청년

그때 구두 닦는 통을 멘 아이가 다가왔다.

"아저씨, 얘는 대통령 할아버지 좋아해요."

"슈샤인 보이, 네 친구야?"

기홍이 뒷덜미가 조금 느슨해졌다.

"네, 같은 동네 살아요."

기홍이는 아이를 알아보았다. 지난 일요일 창경원 앞에서 본 구두닦이였다.

아저씨가 기홍이를 놓아주었다.

"왜 각하 존영에 손을 댔어?"

기홍이는 옷소매로 콧물을 닦았다.

"꿈에서 본 대통령 할아버지 얼굴하고 저 사진하고 달라서요."

"오호, 좋은 꿈을 꿨네. 아무리 그래도 벽보에는 손대면 안 돼!"

아저씨가 윽박질렀다. 그러고는 국밥집에서 나온 사람들과 함께 골목을 나갔다.

기홍이는 땅에 떨어진 단추를 주웠다. 아이도 단추를

주워서 호호 불어 흙먼지를 털고 자루에 넣어 주었다.

"저 사람들 반공청년단이야. 아무리 힘이 센 사람도 저
사람들은 못 이겨. 그렇지만 나한테는 단골손님이야. 구
두 닦을 때 꼭 나를 불러."

"왜? 네가 구두 잘 닦아서?"

"아니야, 할아버지하고 저 아저씨하고 고향이 같아. 어른들은 고향 까마귀만 봐도 반가워하잖아."

기홍이는 무슨 말인지 알아들었다.

어른들은 일가친척도 좋아하지만 고향 사람을 더 좋아한다. 엄마는 길을 가다가 고향 말씨가 들리면 꼭 다시 돌아본다. 가끔은 쫓아가서 말을 걸 때도 있었다.

기홍이는 아이를 따라서 골목을 요리조리 돌았다. 큰길로 나와서야 종로까지 온 것을 알았다.

"그런데, 수사인……, 그게 뭐야? 아저씨가 너한테 그랬잖아."

"슈샤인 보이. 미국에서는 구두닦이를 그렇게 부른대. 머리가 노란 군인 아저씨가 쉘라쉘라 하면서 여기에다 써 줬어."

아이는 구두닦이 통에 쓰인 영어를 가리켰다. 이름이 일남이지만 손님들은 슈샤인 보이라고 부른다고 했다.

"일남아, 너희 동네는 공사하고 있어?"

일남이가 사는 곳이 비만 오면 잠기는 징검다리 쪽이면

공사가 한창일 것이다. 하지만 버드나무가 있는 곳이라면 기홍이네 집보다 공사가 더 늦게 시작될 것이다.

"그게, 그러니까…… . 무슨 공사를 하는데?"

기홍이는 일남이를 의아하게 쳐다보았다. 같은 동네에 산다고 했던 일남이가 시치미를 떼는 게 이상했다.

일남이가 조금 더 가서 잘려 나간 나무 그루터기에 구두 통을 내려놓았다.

"여기서 기다려."

그러고는 구두 통에서 그릇을 꺼내 길을 건넜다.

기홍이는 열려 있는 통을 들여다봤다. 헝겊 뭉치 밑으로 누런 공책이 보였다. 공책을 꺼내어 펼쳤다. 'ㄱ, ㄴ, ㄷ…… .' 한글이 차례로 쓰여 있었다. 작년에 국민학교에 입학한 종길이가 연필에 침을 묻혀 가며 하던 숙제와 같았다. 잠시 후, 그릇을 들고 조심조심 걸어오는 일남이를 보고 기홍이는 공책을 제자리에 넣었다.

일남이가 그루터기에 내려놓은 그릇에는 국수가 담겨 있었다. 일남이는 점퍼 주머니에서 젓가락을 꺼내어 후루룩 소리를 내어 가며 국수를 건져 먹고 국물을 마셨다. 반쯤 먹고는 뚫어져라 보고 있는 기홍이에게 젓가락을 내밀었다.

"할아버지가 콩 한 쪽도 나눠 먹어야 한댔어."

기홍이는 국물 한 방울 남기지 않고 그릇을 말끔히 비웠다.

일남이가 빈 그릇을 통에 넣으려다가 공책 밑에서 책 한 권을 꺼냈다.

"너, 이런 거 봤어?"

《새벗》이라고 쓰인 표지에 아이가 소 등에 앉아 있는 그림이 그려져 있었다. 동화와 만화가 실린 어린이 잡지였다. 그것 말고도 동물 소개, 아이들 사진, 만들기 같은 것도 있었다.

기홍이는 〈로빈손 크루소〉라는 제목이 있는 곳에서 손을 멈췄다.

'로빈손, 식인종을 발견하다'라고 쓰인 작은 제목 아래로 수염이 덥수룩하고 윗도리도 없이 반바지만 입은 남자

가 나무 위를 올려다보는 그림이 있었다. 이 남자가 로빈
슨인 것 같았다.

　"야, 소리 내어 읽어 봐."

　"내 이름은 '야'가 아니고, 기홍이야."

　"기홍아, 할아버지가 세상에 공짜는 없다고 했어. 내가
무서운 아저씨한테서 구해 주고 국수도 나눠 줬으니까,
넌 이거 읽어 줘."

　"그래, 쌀이 드는 일도 돈이 드는 일도 아니니까."

기홍이는 양손으로 책을 펼쳐 들었다.

"오늘도 로빈손은 해안가를 따라 정찰에 나섰습니다. 그런데 놀라운 것을 발견했습니다. 그건 바로 사람의 발자국이었습니다. 그것도 한두 명의 것이 아니었습니다. 로빈손은 재빨리 오두막으로 돌아가 무기를 챙겼습니다. 그러고 보니 어제는 여느 때와 달랐습니다. 원숭이들이 무언가에 놀란 듯 울부짖었고 새들도 유난히 부산스럽게 날아올랐던 것이었습니다."

일남이가 휘둥그레진 눈으로 기홍이와 책을 번갈아 보고 있다. 눈이 마주치자 기홍이에게 계속 읽으라고 재촉했다.

"로빈손은 발자국을 쫓아가 보기로 했습니다. 풀 사이로 몸을 숨기며 조심스럽게 나아갔습니다. 풀들이 쓰러져 있는 것을 보고 더욱 의심이 들었습니다. 이 무인도에 자신 말고도 누군가가 있는 게 분명했습니다. 그때 저만치에 있는 나뭇가지가 흔들렸습니다. 그러고는 괴상한 소리가……."

책장을 넘긴 기홍이는 멈칫했다. 다음 장에는 〈로빈손

크루소〉가 아닌 '소년 문학 강좌'를 알리는 글이 있었다.

"없어, 찢어졌나 봐."

"괜찮아."

일남이가 책을 가져가더니 구두닦이 통에 넣었다.

"더 보면 안 돼?"

기홍이는 만화도 보고 싶었고, 가을 곤충을 소개하는 대목도 궁금했다.

"나 일해야 해."

일남이가 통을 메고 일어섰다.

"너, 대통령 할아버지 본 적 있어?"

"없다, 왜?"

"나는 매일 본다. 너도 대통령 할아버지 보고 싶으면 저기로 가 봐. 벽에 붙은 사진보다 훨씬 멋지니까."

그 말을 하고 일남이는 자이언트 찻집이라는 곳으로 들어갔다. 일남이가 가리킨 곳은 파고다 공원이었다.

05
세상에 공짜가 어디 있어

기홍이는 점점 더 배가 아파 왔다. 학교에서부터 참고 있던 똥이 마려웠다. 쉬는 시간에 변소에 갔다가 수업 시작종이 울리는 바람에 두 번이나 그냥 돌아왔다. 동네 변소보다 더 가기 힘든 곳이 학교 변소였다.

학교는 학생들로 넘쳐 났다. 기홍이네 반은 76명이나 됐다. 교실이 둘씩 앉는 책상으로 꽉 찼다. 선생님이 부르면 칠판 앞으로 가기가 여간 힘이 드는 게 아니었다. 더구나 교실이 모자라서 3학년과 4학년은 천막에서 수업을 했다.

기홍이가 공부하는 천막 교실에서는 변소가 멀었다. 쉬는 시간에 아무리 빨리 뛰어가도 변소 앞은 아이들로 가득 차 있곤 했다. 대신 운동장에서 놀 때는 좋았다. 수업 시작 종소리를 듣고 교실로 와도 늦지 않았다. 선생님보다 교실에 늦게 들어오면 변소 청소를 하거나 운동장 돌 줍기, 잡초 뽑기 같은 벌을 받았다. 기홍이는 똥을 참는 것보다 벌을 받는 게 더 싫었다.

천변을 뛰어 내려온 기홍이는 길게 목을 빼어 살폈다. 가까운 변소에는 두 명이 줄을 서 있었지만 먼 곳에는 문이 열려진 채였다. 곧장 그곳으로 달렸다. 집까지 갔다가 다시 오기에는 너무 급했다.

"선주야, 종이 좀 갖다줘."

"갚아야 된다."

선주 말을 듣는 둥 마는 둥, 기홍이는 후다닥 변소에 뛰어들었다.

잠시 후, 문틈 사이로 종이가 들어왔다 나갔다, 손에 닿을 듯 말 듯, 선주가 기홍이를 놀렸다.

"꼭 갚아라!"

"겨우 한 장 가지고."

"세상에 공짜가 어디 있어?"

"쩨쩨하게 굴지 마."

"쩨쩨하면 관둬라."

문틈 사이로 선주가 멀어지는 걸 보고 기홍이가 버럭 소리를 질렀다.

"야!"

기홍이는 다리가 저렸다. 그리고 고구마만큼이나 커다

란 쥐 한 마리가 기둥을 타고 내려오고 있었다.

"알았어, 갚을게. 빨리 줘!"

"아버지가 빌려준 건 꼭 받으라고 했단 말이야."

선주 아버지는 판자촌 구두쇠로 유명했다. 종이를 실로 묶어서 번호를 매겨 두고 썼다. 한 번에 두 장이 없어졌거나 중간에 번호가 비면 불호령을 내렸다. 선주도 제 것을 챙기는 것에는 최고였다. 그 아버지에 그 딸이었다.

선주가 기홍이를 따라와서 기어이 종이를 받아 냈다. 손바닥으로 이리저리 종이 크기를 재더니 따지고 들었다.

"내가 준 것보다 작잖아!"

"넌 귀퉁이 찢어진 거 줬잖아. 내가 모를 줄 알고?"

"치, 코딱지를 닦느라 조금 찢었다."

선주가 흥, 콧방귀를 뀌었다. 그러더니 바느질하는 엄마를 피해 비밀스런 손짓을 했다. 따라오라는 신호였다.

집 뒤로 간 선주가 점퍼 안에서 종이 뭉치를 꺼냈다. 종이에 쌓인 것은 빨랫비누였다.

"아줌마도 이거 받아 왔지?"

기홍이가 고개를 끄떡였다. 엄마가 매달아 놓은 바구니에 빨랫비누를 넣는 것을 보았다.

언제 왔는지 종길이가 뒤에서 얼굴을 내밀었다.

"우리 엄마는 두 장 받아 왔어. 아기 업고 왔다고 한 장더 줬대."

"정말이야? 그럴 줄 알았으면 우리 엄마도 용길이 업고가는 건데."

선주는 손해를 봤다며 투덜거렸다.

어제 동네 아주머니들은 덕수궁 대한문 앞에서 열리는선거 유세장에 갔다. 연설을 듣고 빨랫비누 한 장씩을 받아 왔다. 내일은 국민학교 운동장으로 간다. 이번에는 미원을 준다고 했다. 미원은 아주머니들이 가장 좋아하는조미료였다.

"우리는 가도 소용없어. 투표를 할 수 없는 아이들은 안준대."

기홍이 말에 선주가 목소리를 더 낮췄다.

"거기 가자는 게 아니고, 이거 팔러 가자. 팔아서 맛있는 거 사 먹자."

"맞아, 하나 없어져도 모를 거야. 저번에 타서 온 것도 그대로 있어."

종길이가 나서서 단팥빵을 사 먹자고 했다.

"난 단팥빵 말고 국수 먹고 싶은데."

"국수는 어제도 먹었잖아."

선주 말에 기홍이는 고개를 저었다.

"그거 말고 가늘고 미끌미끌한 국수. 엄청 맛있어."

엄마가 밀가루 반죽을 홍두깨로 밀어서 만드는 국수는 면발이 굵고 울퉁불퉁하지만, 일남이가 좌판에서 사 온 것은 씹지 않아도 꿀떡 넘어갈 만큼 가늘고 부드러웠다. 후루룩후루룩, 기홍이가 국수 먹는 흉내를 냈다. 선주와 종길이가 침을 삼켰다.

일요일 아침, 몰래 시내로 가려던 아이들은 엄마들과 함께 집을 나섰다. 오늘 유세장에는 텔레비전에 나오는 가수가 온다는 소문 때문이었다. 아이들은 가수를 직접 보고 싶었다.

"소문 아니다. 선거원이 한 말이니 틀림없을 거야."

종길이 엄마 말에 선주가 기홍이에게 속삭였다.

"가수 노래만 듣고 나오자."

나무에 새순이 달렸지만 아직은 바람이 찼다. 엄마는 부른 배를 겉옷으로 감쌌다. 선주 엄마와 종길이 엄마는 업은 아기 머리 위로 담요를 씌웠다.

아주머니들이 엄마 배를 보며 한마디씩 했다.

"형님, 배가 많이 나왔어요. 천하장사가 나오려나 봐요."

"아이참, 천하장사가 딸이면 어쩌려고?"

"나는 천하장사 딸도 좋아."

엄마는 아기가 건강하기만 하면 딸도 좋고 아들도 좋다고 했다.

기홍이는 배 속에 아기를 품고 있는 엄마가 아기를 업은 아주머니들만큼 힘들 것 같았다. 엄마는 앉아도 숨이 차고 누워도 숨이 찬다고 했다. 유세장에 다녀오면 엄마 다리가 또 퉁퉁 부을 것이다.

어른들이 하늘을 올려다보며 말했다.

"그나저나 유세가 끝날 때까지 비가 안 오면 좋을 텐데."

"그러게요. 어제처럼 연설이 다 끝나야 미원을 주겠죠. 비가 천천히 와야 되는데."

학교에 도착한 어른들은 선거원들이 시키는 대로 앞으로 가서 앉았다. 아이들은 가까이서 가수를 보고 싶었지만 빨리 비누를 팔러 가고 싶기도 해서 교문 가까운 나무 아래에 섰다.

한참 만에 구령대에 올라온 것은 텔레비전에 나오는 진짜 가수가 아니라 그 가수 노래를 잘 부르는 사람이었다. 실망한 아이들은 노래가 끝나기도 전에 시장으로 갔다.

처음에는 종길이 것만 팔아 보았다. 비누값으로 20환을 받았다.

종길이가 동전을 손바닥에 나란히 놓았다.

"이게 새로 생긴 동전이지?"

"맞아, 4292년이라고 되어 있어."

선주가 동전 가장자리를 따라 쓰여 있는 숫자를 가리켰다.

지폐만 있던 우리나라도 작년에 처음으로 동전이 생겼다. 동전은 인기가 많았지만 가지고 있는 사람이 별로 없었다. 그래서 아직 동전을 보지 못한 아이들도 있었다.

선주가 동전을 뒤집었다.

"10환에는 이렇게 무궁화가 새겨져 있잖아. 50환에는 뭐가 있게?"

"그것도 모를까 봐? 50환은 거북선, 100환은 이승만 대통령."

기홍이는 자신이 있었다. 학교에서 배우고 또 배웠다.

종길이가 제 깃이라며 동진을 챙기시 주미니에 넣었다.

비가 조금씩 내리고 있었다. 기홍이와 선주도 빨리 비누를 팔기로 했다. 그 돈으로 기홍이는 국수를, 종길이는 단팥빵을 사 먹기로 했다. 선주는 계속 마음을 바꾸다가 풍선껌으로 결정했다. 껌은 배가 부른 음식은 아니지만 버리지만 않으면 벽에 붙여 두었다가 며칠이고 계속 씹을 수 있어서 좋았다.

그런데 아이들은 시장 앞에서 기철이와 맞닥뜨렸다. 하

필 빨랫비누를 들고 있어서 하려던 짓을 고스란히 들켜 버렸다. 아이들은 기철이 뒤를 따라서 집으로 가야 했다.

기홍이는 신발을 벗다가 또 한 번 놀랐다. 아버지가 연락도 없이 와 있었다. 비가 와서 공사장 일이 멈췄기 때문이었다.

뒤늦게 엄마가 미원 하나를 타서 돌아왔다. 유세장에 오래 앉아 있었던 데다가 비까지 맞아서 몸이 좋지 않다고 했다.

기홍이는 조마조마하게 기다렸다. 기철이가 시장에서 본 것을 터트릴 게 뻔했다. 하지만 기철이는 엉뚱한 일에 화를 냈다.

"엄마, 주는 대로 받으면 어떻게 해요? 후보가 연설만 하면 되지 밀가루나 비누 같은 걸 왜 주겠어요?"

"가기만 하면 주더라. 그래서 받았다. 안 받으면 나만 손해지."

"세상에 공짜가 어디 있어요? 이거 받고 표를 달라는 거잖아요. 엄마는 뇌물 선거가 잘못된 것이라는 걸 몰라요?"

기철이가 미원과 비누를 가리키며 따졌다. 비누는 기홍이가 팔려고 몰래 가져갔던 것이었다.

"공짜로 받으려고 힘드신데 비까지 맞으면서 기다려요? 이거 없으면 우리 집 못 버텨요?"

계속 밀어붙이는 기철이 기세에 엄마가 고개를 푹 꺾었다.

"미안하다. 엄마가 욕심에 그만……."

기홍이는 눈치가 보였지만 엄마 편을 들고 싶었다.

오늘 운동장에서 가짜 가수가 구령대에 올라오자, 사람들이 야유를 보냈다. 선거원들이 자리에서 일어나는 어른들에게 험악하게 굴었던 게 떠올랐다.

"완장 찬 아저씨들이 교문에서 지켰어. 엄마가 일찍 오고 싶어도 못 왔을 거야."

엄마가 추운 듯 몸을 웅크렸다. 아버지가 끙, 하며 일어나서 화로에 숯을 더 넣었다.

"네 엄마, 공짜 좋아서 거기 간 거 아니다. 그리고 주는 것을 마음대로 거절할 수 없다. 유세장에 안 가면 동네에도 피해를 주고, 이웃 사람들 눈 밖에 난다."

아버지 말에 엄마가 힘을 얻은 듯 덧붙였다.

"기철아, 어제 선거원이 와서, 오늘 유세장에 안 나오고 집에 있는 사람들은 빨갱이로 알겠다고 엄포를 놓더라. 걸을 수 있는 사람이 선거에 관심을 두지 않으면 사상이 의심스러운 거라고 했다. 주는 걸 안 받겠다고 그 자리에서 물려도 꼬투리 잡힌다. 우리가 가장 무서워하는 게 그거 아니냐. 이남 출신인 선주 엄마와 종길이 엄마도 빨갱이 소리가 무서워서 갓난쟁이 들쳐 업고 빗속에 서 있는데, 나는 더 가야지. 너희들 위해서 가야지."

아버지가 무겁게 말을 덧붙였다.

"부모가 되어서 자식들 앞길 막으면 안 된다. 네 엄마하고 나는 그것만 명심하고 산다."

기철이가 고개를 푹 숙였다.

"죄송해요. 제가 잘못했어요. 저도 지금 선거가 어떻게 돌아가는지 모르는 건 아니에요."

기철이도 선거 유세가 열리는 국민학교에 갔다고 털어놓았다.

오늘이 일요일인데도 기철이가 다니는 학교에서는 봄맞이 환경 정비를 한다고 등교를 하라고 했다. 가서 보니 선생님들이 2학년 전체를 선거 유세장으로 데리고 갔다. 불만을 품은 학생들이 선생님 몰래 운동장 담을 넘었다. 기철이도 유세장에서 도망쳐 나와서 집으로 가는 길이었다. 멀찌감치 시장을 돌아가려다가 우연히 기홍이를 본 것이다.

기철이가 밖으로 나가서 세수를 하고 들어왔다.

엄마가 끙, 하며 일어났다.

"홍아, 밥상 차리자."

06
딸 부잣집 셋째 딸

"아얏! 언니, 아프다니까."

아침부터 짜증을 내는 선주 목소리가 골목에 퍼졌다. 윤주가 선주 머리카락을 자르는 중이었다.

선주가 자꾸만 고개를 갸우뚱거리는 윤주를 올려다보더니 거울을 들었다. 잠시 후 울음을 터뜨렸다.

"아앙, 난 몰라. 내 머리, 물어내!"

윤주는 버둥거리는 선주를 주저앉혔다.

"그러니까 얌전히 있으라고 했지? 네가 움직여서 이렇게 된 거잖아."

이게 다 머릿니 때문이었다.

지난밤, 기홍이도 온몸이 간지러워서 잠을 설쳤다. 얼마나 긁었는지 등에 피까지 났다.

아침에 일어나자마자 기홍이와 기철이는 머리카락을 빡빡 밀고 목욕을 했다. 엄마는 벗어 놓은 옷을 죄다 끓는 물에 넣어서 삶는 중이었다. 기철이가 이불을 장대에 널었다.

"철아, 홍아, 이불 홑청 벗긴 것 갖고 와라."

엄마는 바쁠 때면 자식 둘을 한꺼번에 불렀다.

"아니, 그냥 둬라. 또 이 옮을라."

기홍이는 들었던 이불 홑청을 던져 버리고는 몸을 털었다.

엄마가 김이 나는 들통에 이불 홑청을 넣고 꾹꾹 눌렀다.

"팍팍 삶는 게 최고다, 최고."

기철이가 방에서 비질을 하는 동안, 기홍이는 널어놓은 이불을 막대기로 두드렸다. 이불에서 펑펑 소리가 났다.

선주는 머리카락이 옷 안으로 들어가서 따갑다고 또 찡찡거렸다. 다리를 흔들고 몸을 뒤틀다가 기어이 윤주에게

머리를 쥐어 박혔다. 결국 종길이 엄마가 선주 머리카락
을 다듬어 주었다.

울상이 된 선주가 아래 골목 기홍이를 향해서 섰다.

"기홍아, 나 어때? 이상해?"

기홍이는 터져 나오는 웃음을 두 손으로 막았다. 선주
앞머리가 눈썹 위로 치켜 올라가 간신히 이마를 덮었고,
옆머리는 귀 볼 위로 싹둑 잘린 채였다. 선주 볼이 빨갛게
달아오르는 것을 보고 기홍이는 자리를 피했다.

마침 종길이가 잔뜩 녹이 슨 깡통을 흔들며 소리쳤다.

"깡통차기 할 사람 모여라!"

아이들이 공터로 모여들었다. 가위바위보로 술래를 정했다.

종길이가 술래가 되자, 6학년 형이 깡통을 찼다. 술래가 날아간 깡통을 가져오는 동안 아이들이 사방으로 흩어졌다. 기홍이는 골목 끝 집 벽에 쳐 둔 거적 안에 숨었다. 살림살이를 넣어 둔 곳이었다.

종길이가 돌아다니는 소리가 나더니 한참 만에 깡통을 차며 외쳤다.

"시우 깡통."

시우가 잡혔다.

그 후 종길이가 한 명을 더 잡았다.

기홍이는 거적 틈 사이로 종길이가 멀어지는 것을 훔쳐보다가 달려 나갔다. 쫓아오는 종길이보다 먼저 깡통을 찼다. 숨은 아이들 중에서 선주만 남았다.

"선주 누나 나와."

"박선주, 그만 나와."

"안 나오면 우리끼리 놀 거야."

종길이가 불러도, 아이들이 불러도 선주가 나오지 않았다.

아이들은 저희들끼리 해가 질 때까지 놀았다.

저녁을 먹고 숙제를 하던 기홍이는 밖이 시끄러워서 나가 보았다. 윗골목에 선주 식구들과 낯선 아주머니가 있었다.

아주머니는 공사장 일꾼들이 밥을 먹는 함바집에서 일한다고 했다.

"얘가 어리고 아기까지 업었는데 어떻게 일을 시켜요? 얘가 멋대로 일을 하고서 품값을 달라고 떼를 쓰잖아요."

선주가 아니라고 대꾸했다가 제 아버지 호통에 입을 꾹 닫았다.

"그래도 동생 보는 게 기특하잖아요. 비빔밥 한 그릇 먹이고 데리고 왔어요."

아주머니는 용길이를 내려놓는 선주 어깨를 다독여 주

었다.

  며칠 후, 아침부터 선주는 동네가 다 알 만큼 혼이 났다. 동생 용길이가 병이 났기 때문이었다. 어른들은 깡통 놀이를 하던 날 선주가 아기를 업고 오랫동안 바깥에 있어서 탈이 난 거라고 했다. 선주는 학교에도 가지 못했다.

  기홍이는 학교에서 돌아와서 용길이뿐만 아니라 종길이 동생 수길이까지 아프다는 것을 알았다.

  엄마가 한탄을 했다.

  "그 집에서 용길이가 어디 보통 아들이야? 용길이 엄마가 아들 낳으려고 온갖 고생 다 했다. 수길이는 또 어떻고. 종길이 낳고 십 년 만에 얻은 자식이다."

  기홍이네 집과 달리 딸 부잣집 선주네는 첫째보다 막내 용길이가 대접을 받았다. 그건 용길이가 아들이기 때문이었다.

  "병원에 가야 하는 거 아니에요?"

  "용길이 아버지가 일도 안 하고 아기들 데리고 병원에

다녀왔다. 홍역이란다. 병원에서는 해 줄 게 없고, 오히려 전염시킨다고 쫓아내다시피 했단다."

엄마는 바느질을 하다가 몇 번이나 소매로 눈가를 닦았다.

기홍이는 엄마가 유난히 슬퍼하는 이유를 알고 있었다. 기홍이 밑으로 두 살 어린 남동생이 태어났는데, 홍역을 앓다가 돌을 넘기지 못했다. 그 후에 태어난 여동생도 마찬가지였다. 기홍이가 그 일을 제대로 알게 된 것은 영희가 죽고 나서였다. 아무도 죽지 않았다면, 기홍이네도 곧 태어날 아기까지 육 남매가 되었을 것이다.

저녁에 선주네 아이들과 종길이가 이불과 베개를 들고 기홍이네 집으로 왔다. 아기들이 심상치 않은 걸 알고 엄마가 다른 아이들을 봐 주겠다고 했다.

마침 기철이는 상호 집에서 공부하고 자고 오기로 한 날이었다. 내일 반을 가르는 시험을 친다고 했다. 기철이에게는 중요한 시험이었다.

엄마가 심란해하는 아이들을 다독거렸다.

"걱정하지 마라. 자고 나면 동생들 씩씩하게 깨어날 거
다."

먼저 선주가 누웠다. 다른 아이들도 줄줄이 자리를 잡
았다. 윤주는 기철이 책상에 앉아서 가지고 온 책을 폈다.

기홍이는 일남이에게 읽어 준 이야기가 생각났다.

"누나, 로빈손 크루소 알아?"

"몰라."

기홍이는 조금 실망했다. 중학생 윤주는 자신보다 뭐든
지 많이 아는 줄 알았다.

"로빈손이 무인노에서 사는데 식구도 없고 친구도 없는
것 같아."

"무인도? 그건 사람이 살지 않는 섬이라는 뜻이잖아.
그러니 아무도 없지."

"그런데 로빈손이 거기서 발자국을……."

"홍아, 이 누나가 말할 기분이 아니다. 기분이 안 좋을
땐 먹거나 자거나 책을 봐. 난 책을 보고 넌 자는 게 좋
겠다."

가만히 보고 있던 선주가 돌아누우며 중얼거렸다.

"치, 잘난 척은."

윤주가 그런 선주를 노려보았다. 사촌 동생들과 이불 싸움을 하던 종길이가 눈치를 채고 얼른 눈을 감았다.

기홍이는 설거지 소리를 듣다가 잠이 들었다. 오줌이 마려워서 깨어났는데, 문 옆 구석에 누군가 앉아 있는 게 보였다. 가만히 보니 선주가 무릎에 얼굴을 묻고 있었다.

기홍이는 선주를 물끄러미 보았다.

"엄마가 그러는데, 너희 집 애들은 홍역에 강하대. 우리 집하고 다르대. 용길이는 안 죽을 거래."

선주가 고개를 들었다.

"나, 학교 못 다니고 돈 벌러 갈지도 몰라."

"아!"

기홍이 반에는 갑자기 학교에 나오지 않는 아이들이 있었다. 이사를 가는 경우도 있지만 대부분은 집안 형편이 안 좋아서 학교를 그만두는 것이었다.

"집에서 살림 배우다가 공장에 가든지 다른 집에 애 보기로 가래. 글만 읽을 줄 알면 되지, 국민학교를 마칠 필요는 없대."

기홍이는 선주와 매일 싸우지만 친하지 않는 건 아니었다. 싸워도 늘 같이 학교에 가고, 집으로 왔다. 계속 그렇게 하고 싶었다.

"너도 윤주 누나처럼 공부하겠다고 말씀드리면 안 돼?"

"언니는 첫째잖아. 공부도 잘하고. 나는 공부도 못하는데 돈만 축낸다고 했어. 희주 언니처럼 돈 벌러 가래."

"희주 누나는 국민학교를 마쳤잖아. 너도 그러겠다고 해."

선주가 울음을 터뜨렸다.

"야! 우리 집에서는 용길이가 최고야. 용길이가 잘못되면 학교는커녕 나는 집에서 쫓겨날 거야."

그때 엄마 목소리가 들렸다.

"얘들아, 이야기는 아침에 하고, 그만 자자."

다음 날 아침, 아이들이 이불을 개서 한쪽에 착착 쌓았다.

"홍아, 뜨거운 거 들어간다."

선주 엄마가 국 냄비를 들고 왔다. 구수한 냉이된장국 냄새가 방 안에 가득 찼다.

나물을 무치던 엄마가 말했다.

"아침은 신경 안 써도 된다니까. 막둥이들 돌보느라 정신없을 텐데."

"형님, 우리 용길이 수길이, 밤사이에 감쪽같이 열이 내렸어요. 형님이 아이들 봐 준 덕분이에요."

선주 엄마가 환하게 웃어 보여서 모두가 안심했다.

기홍이는 아침을 먹고 집을 나왔다. 들창으로 내다보는 선주와 눈이 마주쳤다. 잘못한 것도 없는데 괜히 미안했다.

학교를 마치고 집으로 오는 골목 비탈에 사람들이 모여 있는 게 보였다. 기홍이는 선거원 완장을 찬 아저씨가 있는 것을 보고 달려갔다. 아저씨가 이번에는 무엇을 가져왔는지 궁금했다.

그런데 아저씨는 빈손이있다. 아주머니들도 받은 게 없는 것 같았다.

아저씨가 뒷짐을 지고 헛기침했다.

"흠흠, 에, 여기서 한 명이라도 빠지면 내일 투표는 못 합니다. 다섯 명이 짝이 맞아야만 투표용지를 줍니다."

내일은 투표하는 날이었다. 지난번 선거 유세장에 갈 때는 세 명씩 짝을 지어 주더니 내일 투표장에는 다섯 명이 함께 오라는 것이다. 기홍이가 학교에서 체조를 할 때

짝을 짓는 것과 비슷했다.

"그동안 비누며 밀가루며 꼬박꼬박 챙겨 드린 거 잊으면 안 됩니다. 누가 챙겨 드렸는지 내일 투표할 때까지 기억해야 한다, 그 말입니다."

"알지요, 잘 압니다."

"두 말 하면 잔소리, 세 번 말하면 공산당. 알아들었습니다."

아주머니들이 앞다투어 대답했다. 하지만 아저씨들이 돌아가자 불만이 터져 나왔다.

"누가 딜라고 했냐? 저들이 아쉬우니까 준 거지."

"형님, 저 아저씨 말인즉, 빚을 졌으니까 갚으라는 거죠?"

엄마는 못마땅한 표정으로 손을 저었다.

"이 말 저 말 하지 말고 각자 알아서 도장 찍으면 되지."

엄마가 집으로 가 버리자 아주머니들도 흩어졌다.

기홍이는 혼자서 공깃돌을 가지고 노는 선주에게 갔다. 선주는 기홍이 그림자가 공깃돌을 덮어도 고개를 들지 않았다.

기홍이는 종이 한 장을 내밀었다. 종례 시간에 선생님이 어린이날 글짓기 대회가 있다고 칠판에 썼다. 그것을 옮겨 적은 것이었다.

종이를 보던 선주가 쏘아붙였다.

"나 놀리는 거야?"

"아니야, 넌 글짓기하는 거 좋아하잖아."

"삼월에 벌써 어린이날 글짓기 대회를 한다고?"

"응, 우선은 학교에서 제일 잘한 것을 뽑을 거래. 그다음에 다른 학교 것들과 모아서 또 심사를 한대. 거기서 뽑히면 어린이날 서울운동장에 가서 상을 받는대."

"정말이야?"

놀란 선주가 종이를 뚫어져라 보았다.

O7
파고다 공원에 대통령이 있다

밤에 아버지와 삼촌이 집으로 왔다.

종길이가 오늘도 기홍이와 같이 자고 싶다고 와서 아버지에게 허락을 받았다.

"형, 내일 한강에 갈래?"

"얼음이 다 녹았는데, 뭐 하러?"

한강에 가면 겨울에는 썰매를 탔고 여름에는 물놀이를 했다. 삼월에는 놀거리가 없었다.

"그럼, 남대문에 텔레비전 보러 가자."

그곳은 순창이가 알려 준 곳이었다. 안이 훤히 보이는 유리로 되어 있는 상점에서 바깥을 향해 텔레비전을 세

대나 틀어 놓았다고 했다. 순창이는 똑같은 장면을 세 군데에서 동시에 보는 건 여간 신기한 일이 아니라고 했다.

아버지가 식구들에게 말했다.

"내일은 벽과 지붕 손봐야 한다. 시멘트를 개야 하니까 홍이는 개천에서 모래 퍼다 놔라."

얼마 전 청계천에 기둥을 세울 때, 그 충격으로 판잣집 한쪽 벽과 문이 틀어졌다. 아버지는 그것을 수리하려는 것이다.

기홍이는 못 들은 척 이불 속으로 머리를 집어넣었다. 이불 안으로 따라 들어온 종길이에게 속삭였다.

"파고다 공원에 대통령이 있대."

기홍이는 일남이가 알려 준 곳에 가 보고 싶었다. 일남 이도 다시 만나고 싶었다.

어른들이 투표하러 골목을 나가는 것을 보고 기홍이는 신발을 신었다. 아버지에게 꼼짝없이 붙들려서 종일 심부 름하기 전에 달아나기로 했다.

기홍이와 종길이 그리고 선주는 함께 을지로로 나와서 시청까지 올라가 보았다. 시청 인근에는 투표를 하려는 사람들이 길게 줄을 서 있었다. 종길이가 제 아버지를 발견하고 뛰어가려다 멈췄다. 완장을 찬 사람들이 줄을 선 사람들을 윽박지르고 있었다. 앞쪽에서는 한 청년의 멱살을 잡고 줄에서 끌어내기도 했다. 오늘은 완장을 찬 아저씨들이 유난히 많았다.

선주가 종길이에게 그냥 가자고 했다.

"아버지가 투표소에 오지 말라고 했잖아."

아이들은 종로로 올라갔다. 험악한 투표소 앞과 다르게 햇살이 따스했다. 나무마다 꽃망울이 총총 달렸다. 노란 꽃망울과 분홍 꽃망울이 꽃을 피울 준비를 하고 있었다. 하얀 매화는 벌써 활짝 피었다.

앞을 가로막고 있던 짐을 실은 트럭이 지나갔다. 길을 건너기도 전에 종길이가 손짓을 했다.

"형, 저기다."

나무들 사이로 우뚝 솟은 동상이 있었다.

공원으로 들어온 기홍이는 걸음을 늦추었다. 단 위에 또 단이 있고, 그 위에 동상이 있어서 멀리서도 잘 보였다. 대통령 동상은 넥타이와 조끼, 양복저고리를 입고 뒷짐을 지고 서 있는 모습이었다.

"높다."

"크다."

아이들은 가까이 가서 한껏 목을 꺾어 동상을 올려다보았다. 얼굴에 있는 주름과 옷자락, 바지선과 구두까지 진짜처럼 보였다. 동상 뒤로 돌아간 선주가 말했다.

"대통령 할아버지하고 똑같이 생겼어. 만져 보고 싶다."

"안 돼. 큰일 나."

기홍이가 선주를 말렸다.

"치, 나도 알아."

그때 사진기를 든 아저씨가 아이들에게 비켜 달라고 했다. 그러고 보니 동상을 배경으로 사진을 찍는 사람들이 많았다.

한복을 입은 여자와 양복을 입은 남자는 동상 앞에서

자세를 바꿔 가며 사진을 여러 장 찍었다. 또 예쁜 원피스를 입은 아이가 엄마 무릎에 앉아서 사진기를 똑바로 쳐다보기도 했다. 할아버지들은 옆으로 나란히 서서 근엄한 표정을 지어 보였다.

"기홍아."

"어?"

기홍이는 뒤를 돌아보고는 깜짝 놀랐다. 상호가 있었다. 교복을 입은 학생들과 함께였다. 기홍이는 재빨리 주위를 살폈다. 다행히 기철이는 보이지 않았다. 밖에서 형을 만나면 괜히 주눅이 들었다. 기철이는 "집에 가라."며 무뚝뚝하게 말할 게 뻔했다.

"형은요?"

"모범생 기철이는 공부하고 있다."

상호는 이내 학생들이 있는 곳으로 갔다.

학생들이 선거에 대해 이야기를 했다.

"누구를 찍었는지 투표용지를 검사했대. 당한 사람에게 직접 듣고도 믿기지 않아."

107

남학생이 침을 뱉었다.

"내 표를 내 마음대로 못 하는 투표가 무슨 민주주의 선거야?"

"대통령은 진작 정해졌고, 부통령도 밀어붙이기로 당선시키겠지."

기홍이는 동네에서도 비슷한 말을 들었다. 이번 선거도 이승만 할아버지가 대통령으로 뽑힌 것이나 마찬가지라고 했다. 대통령 후보로 나온 다른 사람이 갑작스럽게 죽어서 후보가 이승만 할아버지 한 명뿐이었다.

여학생이 날카롭게 말했다.

"그렇다고 포기하면 안 돼. 지방에서도 그냥 있지 않을 거야."

"나도 같은 생각이야."

상호 목소리에 기홍이는 동상을 힐끔 올려다보았다. 보고 들을 수 없는 동상이지만 괜히 눈치가 보였다. 마치 당사자를 앞에 두고 욕하는 것 같았다.

그때 선거원 완장을 찬 사람들이 우르르 공원 안으로

들어왔다.

상호가 등을 돌리고 학생들에게 말했다.

"괜찮아, 침착해. 우린 소풍을 나온 거야."

곧 학생들 사이에서 맑고 높은 멜로디가 흘러나왔다. 가까이 가서 보니 여학생이 길쭉하고 반질거리는 쇠막대를 입에 대고 불고 있었다. 멜로디에 맞춰서 남학생이 노래를 시작했다. 알아들을 수 없는 외국 노랫말이었다.

"아, 하모니카다!"

선주는 윤주 책에서 봤다고 했다.

아이들이 신기하게 쳐다보자, 상호가 기홍이에게 다른 곳으로 가라고 손짓을 했다. 아무래도 완장을 찬 아저씨들 때문인 것 같았다.

기홍이는 가까이 오는 아저씨들 중에 한 명을 알아보았다. 포목점 골목에서 기홍이 뒷덜미를 잡았던, 일남이가 반공청년단이라고 했던 사람이었다.

기홍이는 큰길로 나와서 곧장 자이안트 찻집으로 갔다. 문이 열릴 때마다 외국 노래와 왁자한 소리가 들렸다. 안을 기웃거려 보았지만 일남이가 있는지 알 수 없었다.

"여기는 어른들이 가는 곳이야."

또 갑자기 상호가 나타났다. 학생들은 어디로 갔는지 혼자였다.

상호가 기홍이에게 따라오라고 했다. 길을 건너서 극장이 보이는 곳까지 간 상호가 좌판 앞에 섰다.

"아주머니, 국수 네 그릇 주세요."

기홍이는 눈이 휘둥그레졌다. 종길이와 선주는 기대에 찬 눈으로 상호와 좌판을 번갈아 보았다. 상호가 국수를 받아서 좌판 옆에 자리를 잡았다. 아이들도 제 몫을 들고 나란히 앉았다.

젓가락을 들던 선주가 꾸벅 인사를 했다.

"기철이 오빠 친구 되시는 분, 이름을 몰라 죄송합니다. 잘 먹겠습니다."

"아하하, 너 재미있는 아이구나."

상호가 국수를 입에 가득 넣는 것을 보고 아이들도 먹기 시작했다. 기홍이는 반도 못 먹었는데 상호가 그릇을 비우고 일어났다.

"먹고 가라. 나 봤다는 건 비밀이다."

기홍이는 상호에게 물어보고 싶은 게 있었다.

"형, 창경원 언제 가요?"

"아 참, 가야지. 윤주도 가기로 했다면서? 다 같이 가자."

상호는 다시 종로로 바쁘게 걸어갔다.

그런데 선주와 종길이가 먹던 그릇을 바닥에 내려놓았다.

"언니하고 창경원에 간다고?"

"형, 정말이야? 나도 가면 안 돼?"

그제야 실수를 알아차린 기홍이는 국물을 들이켰다. 커다란 그릇은 얼굴을 가리기에 딱 좋았다.

그때 거짓말처럼 일남이가 걸어오는 게 보였다. 기홍이는 반갑게 손을 흔들었다. 일남이 코 밑이 구두약으로 시커멨다.

일남이가 국수 그릇을 힐끔거렸다. 기홍이가 그릇을 내밀자 일남이가 냉큼 받았다.

"콩 한 쪽도 나누어 먹는다는 말, 안 잊었네."

일남이는 순식간에 그릇을 비웠다.

"일남아, 저번에 그 책 또 보여 주면 안 돼?"

"공짜는 없다는 말도 안 잊었구나."

일남이가 구두 통에서 《새벗》을 꺼냈다. 알록달록한 표지에도 구두약이 묻었다.

세 명의 얼굴이 책으로 모였다. 다 같이 만화를 보고 곤충 이야기를 봤다. 종길이는 그림을 더 보려고, 선주는 한 장도 빠짐없이 글을 다 읽으려고 둘이서 티격태격했다.

한쪽으로 비껴나 있던 일남이가 아이들에게 몇 학년이냐고 물었다.

종길이가 자신을 가리켰다.

"다음 달에 나는 2학년이 되고, 형과 누나는 4학년 돼."

"1학년은 없구나."

선주는 동생이 이번에 입학한다고 했다.

"학교에 데리고 다닐 생각 하면 짜증부터 나. 엄마 아버지는 애를 왜 이렇게 많이 낳은 거야?"

선주 소원은 외동아들로 다시 태어나는 것이었다.

일남이가 퉁명스럽게 물었다.

"혼자가 좋다고?"

"당연히 좋지. 맛있는 반찬은 내가 다 먹을 수 있고, 더운물도 맘대로 쓸 수 있잖아. 비 오면 우산 때문에 싸우지 않아도 되고, 새 연필도 나누어 주지 않아도 돼. 우리 집에서는 네가 동생이니까 양보해라, 네가 언니니까 양보해라, 하여간 나보고만 양보하래."

기홍이도 비슷한 불만이 있었다. 계란을 부치면 항상 기철이 도시락에 들어갔고, 닭을 잡으면 맛있는 쪽은 모두 장남 그릇에 놓았다. 기홍이는 자신을 마냥 어리게만 보면서 기철이는 어른으로 대접해 주는 게 여간 못마땅한 게 아니었다. 동생이 태어나면 제 신세가 선주와 다를 게 없을 것 같았다.

일남이는 선주 말에 반대했다.

"혼자면 싸움에서 편들어 줄 사람이 없잖아. 형이나 동생하고 편을 먹고 덤비면 아무리 싸움을 잘해도 혼자인 사람이 무조건 져. 나한테 형이 있다면 시키는 건 뭐든지

할 거야. 그리고 동생이 있다면 돈 많이 벌어서 맛있는 거 사 줄 거야."

"넌 혼자구나. 어느 학교 다녀?"

기홍이는 일남이가 같은 학교에 다니면 형제처럼 함께 놀고 싶었다.

일남이가 답을 하지 않고 일어났다. 빈 그릇을 들고 좌판으로 가며 기홍이에게 오라고 손짓을 했다.

기홍이가 다가가자 작게 속삭였다.

"글자 가르쳐 줄 수 있어? 공짜 아니고, 글자 가르쳐 주는 날에는 국수 나눠 줄게."

일남이는 날마다 국수 파는 할머니의 짐을 옮겨 주고 국수 한 그릇을 얻어먹는다고 했다.

기홍이가 멀뚱히 쳐다보자 일남이가 고백했다.

"난 학교 보내 줄 사람이 없어."

일남이는 학교에 다니지 않아서 글을 읽고 쓸 줄 몰랐다. 구두 통에 있던 글자를 연습한 공책은 일남이 것이었다. 그리고 작년까지 인천에 있는 고아원에서 살았다.

그릇을 가지고 온 선주와 종길이가 뒤에서 일남이 말을
다 들어 버렸다.

"엄마와 아버지가 누구인지 몰라?"

선주 말에 일남이가 고개를 끄떡였다.

일남이는 서울역에서 등짐 지는 일을 하는 할아버지와
지낸다고 했다. 어디에 사냐고 물었는데 또 몰라도 된다
고 했다. 일남이도 기홍이처럼 사는 곳을 말하고 싶어 하
지 않았다.

일남이는 일하러 가야 했다.

"기홍아, 다음 일요일에 자이안트 찻집 앞으로 와."

08
밤에 온 손님

기홍이는 밥상을 문 옆으로 가져왔다. 엄마 대신 설거지를 하고 물을 버리러 개천가로 갔다.

선주 엄마도 설거지물을 버리러 왔다.

"홍아, 네가 딸 노릇 하는구나."

사월이 시작되면서 기홍이는 4학년이 되었다. 4학년에게 설거지는 아주 쉬운 일이었다.

"엄마가 허리 아프다고 하세요."

그리고 배도 아프다고 했다. 엄마는 저녁을 거르고 누웠다.

기철이는 아직 돌아오지 않았다. 아버지가 일하는 공사

장은 봄이 되면서 바빠졌다. 삼촌이 일하는 화방도 봄에 손님이 더 많았다.

"사월에는 셋째 일요일에 쉬니까, 그때 오마."

투표를 하던 날, 아버지가 그렇게 말했다. 어제가 17일 일요일이었는데, 아버지와 삼촌이 집에 오지 않았다.

기홍이는 저 혼자 있을 때 엄마가 아기를 낳을까 봐 걱정되었다. 삼촌이 알려 준 파리화방 전화번호가 있긴 했다.

윤주가 밤죽 한 그릇을 안고 왔다.

"아주머니, 많이 아프세요? 엄마가 여쭤 보래요."

"요 며칠 바느질을 많이 했더니 배가 뭉쳤나 봐."

엄마는 밤죽을 손가락으로 찍어 맛을 보았다. 죽이 아주 맛있게 되었다며 뚜껑을 닫았다.

"홍아, 찬장에 넣어 두었다가 기철이 오면 같이 먹어라."

"이건 아주머니 드시래요. 아주머니 드시는 게 배 속 아기가 먹는 거랑 똑같대요."

그런 윤주를 엄마가 기특하게 여겼다.

"누나, 전화해 본 적 있어?"

기홍이는 전화기를 써 본 적이 없었다. 전화기를 본 것
도 겨우 몇 번뿐이었다. 전화를 하려면 을지로 전파상에
가서 돈을 내고 전화기를 빌려야 했다.

"전화가 별거냐, 그냥 하면 되는 거지."

"전화 걸어 봤냐니까?"

"우리 양장점 근처에 전화기를 들여놓은 상점이 있어.
심부름 가서 봤어."

윤주는 급한 일이 생기면 전파상에 같이 가자고 했다.
그러고는 고개를 갸우뚱거렸다.

"밤에도 전파상 전화기를 쓸 수 있을까? 그리고 밤에
화방에서 전화를 안 받으면 어떡해?"

기홍이는 미처 그 생각을 못 했다.

"홍아, 밤사이에 급한 일 안 생기니까 걱정 마라. 정말
급하면 내일 아침에 전보 치면 되지."

엄마 말에 기홍이는 책상 서랍에서 예전에 아버지에게
받은 전보를 꺼냈다.

'내달초나흘귀가'

다음 달 4일에 집에 오겠다는 뜻이었다.

몇 년 전, 먼 곳에서 일을 하던 아버지가 두 달이 넘도
록 집으로 오지 않을 때였다. 삼촌은 기홍이와 지내며 구
두닦이를 하고 있었다. 아버지는 식구들이 걱정할까 봐
기철이가 다니는 학교로 전보를 보냈던 것이다.

돌아갔던 윤주가 비명을 지르며 다시 뛰어 들어왔다.

"홍아, 이불 펴라."

　기철이 말소리였다. 기홍이보다 윤주가 재빨리 움직였다.
　갑자기 사람들이 줄줄이 집으로 들어왔다. 이불 위로 두 사람이 눕혀졌다. 기철이와 상호 그리고 또 한 명이 다친 두 사람을 부축해서 온 것이다.
　엄마가 황급히 일어났다.

"기철아, 병원으로 데려가야지."

"죄송해요. 가다가 또 당할지 몰라서요."

"당하다니? 누구한테 말이야?"

"집에 오는데, 천일극장 앞에서 깡패들이 대학생들을 패더라고요. 학생들이 많이 쓰러졌어요. 이분들을 간신히 빼내 왔어요."

상호가 엄마에게 깊숙이 고개를 숙였다.

"어머니, 편히 쉬셔야 할 시간에 죄송해요. 제가 이리로 오자고 했어요. 또 신세를 집니다."

누워 있던 대학생들도 몸을 반쯤 일으켜서 인사를 했다.

"아주머니, 갑작스럽게 들이닥쳐서 면목이 없습니다. 저희는 많이 안 다쳤어요."

엄마는 손을 저었다.

"괜찮아요. 누워 있어요."

윤주가 대야에 더운물을 담아 오고, 기철이와 상호가 천을 물에 적셔서 피 묻은 곳을 닦아 주었다.

"너희 둘 아니었으면 내 머리가 박살났을 거다."

대학생 말에 상호가 싱글싱글 웃었다.

"어머니, 그놈들이 따라오는 줄 알고 정신없이 달아나느라 5년 전에 산 새 신발 한 짝을 잃어버렸어요. 당분간 한 짝만 신고 다니려고요."

상호가 까만 한쪽 발을 들어 사방으로 흔드는 바람에 모두가 웃었다. 5년 전에 산 신발이 새것이라는 것도 상호만의 농담이었다.

"홍아, 밥상 차리자."

밥이 모자라겠다는 엄마 말에 윤주가 집으로 가서 나물무침과 밥 한 그릇을 가져왔다.

밥상에 사람들이 둘러앉았다.

상호가 주인처럼 밥을 권하며 물었다.

"시위를 하던 사람들이 고려대학교 학생이라는 거죠?"

"응. 그때 해산하는 중이었어. 우리는 을지로로 내려왔고, 일부는 종로로 올라갔는데, 그쪽은 괜찮은지 모르겠어."

기홍이는 대학생 말에 귀를 쫑긋 세웠다. 윤주도 가지

않고 슬그머니 앉았다.

"횡포를 알려야죠?"

"종일 우리를 따라다니던 기자들이 근처에 있었으니까 내일 조간신문에 날 거야."

상호가 주먹을 불끈 쥐며 내일은 훨씬 많은 학생들이 모일 거라고 했다.

"고등학생들도 계획해 둔 게 있어요. 형님들, 내일은 거리에서 만나요."

기철이가 목소리를 낮추어 대학생에게 물었다.

"마산 김주열 학생은 결국 고향에 있는 산으로 모셔갔지요?"

"그랬지. 마산은 어른 학생 할 것 없이 모두가 시위에 나왔어. 그 사람들을 무조건 빨갱이로 몰아가고 있어. 죽은 김주열 학생도 마찬가지야."

기홍이는 빨갱이라는 말에 흠칫 놀랐다.

선거일에 마산에서 실종된 고등학생이 한 달 만에 죽은 채로 발견된 것도, 오늘 대학생들이 시위한 것도 모두 선거 때문이었다. 동네 사람들은 모이기만 하면 선거가 잘못되었다고 했다. 선거를 하지 않은 중고등학생들은 선거가 공평하지 못하다고 대학생들보다 먼저 시위를 시작했다.

손님들이 떠나자마자 엄마 목소리가 엄하게 변했다.

"기철아, 앉아 봐라."

교복을 벗던 기철이가 엄마 앞에 꿇어앉았다.

"학교에서 오는 것 맞아?"

"네."

"공부해서 대학에 간다는 결심은 흔들림이 없는 거야?"

"네."

"그럼 됐다. 식구들을 위해 밤낮없이 일하는 아버지를 잊지 마라."

기철이가 숨을 흡, 들이마시고 다시 옷을 갈아입었다.

기홍이는 투표를 하던 날 종로에서 상호를 만났다고 말하지 않았지만, 엄마는 그날로 알아 버렸다. 종길이가 집에 가자마자 국수를 먹었다고 자랑했다. 당연히 기철이 친구가 사 주었다고 떠벌렸다.

기철이가 제 집으로 가려는 윤주를 불렀다.

"이번 일요일에 창경원에 가자. 더 늦으면 꽃이 다 질 거
야."

"오빠, 다음 달에 시험인데, 괜찮아요?"

"누나!"

좋아서 벌떡 일어나던 기홍이가 괜한 말을 하는 윤주를
노려보았다.

"반나절만 쉬면 돼. 상호도 그러자고 했어."

기철이 대답에 기홍이는 신이 나서 엄마를 끌어안았다.
천변에는 봄꽃이 한창이었다. 창경원은 큰 나무와 꽃이
많기로 유명했다. 그곳은 천변과 비교할 수 없을 만큼 예
쁠 것이다.

윤주도 좋은 소식을 전해 주었다.

"선주가 내일부터 다시 학교에 갈 거야."

"아저씨가 허락하셨어?"

"응, 여자도 국민학교는 나와야 한다고 아버지께 말씀
드렸어. 내가 얼른 졸업하고 돈을 벌어야지, 뭐."

윤주가 스웨터 주머니에 두 손을 푹 찔러 넣고 한숨을
쉬었다.

09

꽃나무에 총알이 박혔다

선주는 교실로 들어오는 선생님 앞으로 달려갔다. 선생님이 선주를 반갑게 맞아 주었다.

"치, 오랜만에 학교에 온 게 뭐 그리 대단하다고?"

순창이가 선주를 보고 있다가 입을 삐죽거렸다. 선주가 선생님 관심을 받는 게 부러워서였다.

수업이 한창일 때 옆 반 선생님이 천막을 들치고 황급히 담임 선생님을 불렀다. 밖으로 나갔다가 온 선생님 표정이 몹시 어두워졌다.

"오늘은 이만 수업을 마칩니다. 형이나 오빠, 누나, 동생이 있는 사람은 함께 가세요. 큰길로 가지 말고 되도록

뒷길로 해서 곧장 집으로 가야 해요."

벌써 운동장이 시끌벅적했다. 아이들이 쏟아져 나오고 있었다.

기홍이는 아이들이 모두 나갈 때까지 선주를 기다렸다.

선주는 가방도 싸지 않았다. 맨 앞자리에 앉아서 연필에 침을 묻혀 가며 공책을 펼쳐 두고 종이에다 무언가를 쓰는 중이었다.

"집에 안 갈 거야?"

"먼저 가."

기홍이는 고개도 들지 않는 선주가 얄미웠다. 하지만 오랜만에 학교에 온 선주를 오늘만 봐주기로 했다.

기홍이와 종길이는 운동장 느티나무 아래에서 솔방울 차기를 하며 기다렸다.

아이들이 전부 돌아가서 운동장에 둘만 남았다. 그제야 선주가 천막 교실에서 나왔다. 쏜살같이 운동장을 가로질러서 현관으로 들어갔다. 잠시 후 느티나무 앞으로 오는 선주 발걸음이 날아오를 듯 가벼워 보였다.

"누나, 어디 갔다 오는데?"

"공책에 쓴 글짓기를 종이에 옮겨 적었어. 선생님이 아주 잘 썼대."

아이들은 학교를 나왔다. 전찻길이 사람들로 가득했다. 플래카드를 앞세운 학생들 무리가 지나고 태극기를 든 사람들이 뒤를 따랐다. 사람들 사이에 갇힌 자동차들은 사람들보다 더 느리게 움직였다.

을지로까지 왔을 때 멀리서 날카로운 소리가 났다.

"총이다. 총을 쏜다."

한 아저씨가 소리치며 사람들을 향해 달려오고 있었다. 학생들이 소리를 지르며 아저씨가 온 방향으로 뛰어나갔다.

"전쟁 났나 봐."

"빨리 집에 가자."

선주가 종길이 손을 잡고 전찻길을 건너려 했다. 사람들 틈을 빠져나가 보려고 했지만 이리저리 치이기만 했다. 시청 쪽으로 올라갔던 사람들이 다시 아래로 밀려 내

려오고 있었다. 그들은 뭔가에 쫓기듯 자꾸만 뒤를 돌아보았다. 양방향에서 오는 사람들이 뒤엉키는 바람에 아이들은 갓길로 밀려나서 전봇대에 바짝 붙어 섰다.

한 아저씨가 전봇대를 잡으려다 그대로 넘어졌다. 동네에서 본 상이용사였다.

기홍이가 조심스럽게 다가갔다. 이대로 두었다가는 아저씨가 사람들에게 밟힐 것만 같았다.

"아저씨!"

고개를 든 아저씨가 기홍이 다리를 덥석 잡았다.

"살려 주십시오. 나는 아무것도 모릅니다. 고향에 부모님이 기다리십니다. 살려만 주십시오."

기홍이는 기겁을 하며 나동그라졌다. 발버둥을 쳤지만 아저씨가 기홍이 다리를 놔주지 않았다. 선주와 종길이가 달려들어 기홍이에게서 아저씨의 손을 떼어 냈다.

그때 한 아주머니가 소리쳤다.

"이게 누구야?"

기홍이를 일으켜 세워 준 건 포목점을 하는 일가친척

아주머니였다. 며칠 전 아기 기저귀감을 사러 엄마와 함께 포목점에 갔을 때도 보았다.

"애들아, 여기 있다간 큰일 난다."

아주머니가 아이들을 포목점으로 데리고 와서 상점 문을 잠갔다.

밖은 점점 더 시끄러워졌다. 뛰어가는 발소리, 누군가를 부르는 소리, 울부짖는 소리 그리고 총소리보다 더 큰 폭탄이 터지는 듯한 소리가 연이어 났다.

한참이 지나서야 아주머니가 포목점 문을 열었다. 맵고 싸한 냄새가 났다. 판자촌에 불이 났을 때 맡던 냄새도 섞여 있었다.

거리 곳곳에 사람들이 쓰러져 있었다. 아이들은 사람들을 피해서 전찻길을 건넜다.

꽃이 핀 나무에 총알이 박혔다. 큰 가지가 꺾여서 꽃들이 땅으로 쏟아지는 것처럼 보였다. 한 나무 아래에 교복 입은 여학생이 기대어 있었다. 옷소매에 피가 잔뜩 묻었다. 벚꽃이 얼굴에 떨어져도 움직이지 않는 것을 보니 많이 아픈 것 같았다.

아이들은 어떻게 해야 할지 몰랐다. 선주가 먼저 다가
갔다.

"언니, 많이 아파요?"

여학생이 살짝 눈을 뜰 뿐 한마디도 하지 못했다.

그때 고등학생 두 명이 뛰어와서 여학생을 들쳐 업었
다. 어디선가 리어카가 와서 여학생을 실어 갔다.

천변이 보이는 곳까지 왔을 때 뒤에서 기홍이를 부르는
소리가 났다.

"홍아!"

일남이였다.

지난 일요일에 기홍이는 일남이와 한글 공부를 했다.
일남이는 자음과 모음은 알고 있었지만 글자를 읽고 쓰지
는 못했다. 그날 기홍이는 일남이의 이름을 써서 알려 주
었다.

일남이는 통을 어깨에 가로질러 메고 바짓단을 양말 속
에 넣은 모습이었다. 볼이 빨간 걸 보니 한참을 뛰어온 것
같았다.

"사람들이 대통령 할아버지에게 따지러 경무대로 갔다
가 경찰과 싸운대. 경찰이 총을 쐈어."

일남이가 전쟁이 난 것은 아니라고 알려 주었다.

기홍이는 전쟁에서 적을 물리칠 때만 총을 쏘는 줄 알
았다.

"전쟁이 아닌데, 총을 막 쏴도 돼?"

"선거도 마음대로 했으니까 총도 마음대로 쏘나 봐. 사람들이 대통령 편을 드는 신문사에 불을 질렀대. 거기 가 보려고."

종길이가 말렸다.

"선생님이 길에서 놀면 안 된다고 했어."

"나는 노는 게 아니라 일하는 거니까, 괜찮아."

기홍이도 일남이가 걱정되었다.

"조심해야 해. 어제 대학생들이 천일극장 앞에서 깡패 들한테 당했어."

"알아. 어제저녁에 봤어. 그 아저씨들이 그랬어."

일남이가 말한 아저씨들은 바로 단골손님인 반공청년 단이었다.

벌써 세 번째다. 엄마가 또 밖에 나가 보라고 시켰다.

"홍아, 기철이 오는지 가 봐라."

기홍이는 골목을 올라갔다. 기철이 대신 윤주가 오고 있었다. 윤주는 집으로 가지 않고 기홍이를 따라왔다.

"아주머니가 입는 윗도리 가져와. 아무거나."

윤주가 손과 교복에 묻은 얼룩을 보여 주었다. 이대로 집으로 가면 야단을 맞을 거라고 했다. 기홍이는 얼룩이 무엇인지 한 번에 알아보았다. 윤주도 기홍이가 낮에 본 것과 비슷한 광경을 본 것이다.

기홍이가 엄마 스웨터를 가지고 나왔을 때, 윤주는 대야에 손을 담근 채 울고 있었다.

"친구가 다쳤어?"

윤주는 고개를 저었지만 어쩌면 병원에 실려 간 동급생이 있을지도 모른다고 했다.

"다친 학생들이 많아. 죽은 사람도 있어. 너만큼 어린 애도 있었어."

윤주는 양장점에서 오는 게 아니었다. 이 시각까지 길에서 다친 사람들을 돌보다가 온 것이다.

엄마 스웨터를 입은 윤주가 터덜터덜 집으로 올라가고 나서야 학생모를 쓴 사람이 어두운 골목으로 들어오는 게 보였다.

"엄마, 형이 와요."

엄마가 신발도 신지 않고 뒤뚱뒤뚱 걸어 나왔다. 기철이가 달려와서 엄마 손을 맞잡았다.

기철이도 병원에서 오는 길이라고 했다. 하지만 기철이는 다치지도 않았고, 윤주처럼 옷이 피로 더럽혀지지도 않았다.

"어제 상호가 집으로 가다가 교통사고를 당했어요. 병문안을 갔다가 줄곧 병원에 같이 있었어요. 상호 아버지께서 상호를 지키고 있으라고 해서요."

상호가 다리에 깁스를 한 채로 시위에 나가려고 했다는 것이다. 저녁에 병원으로 갑자기 부상자들이 몰려오는 바람에 상호는 하루 만에 퇴원하게 되었다.

"상호 아버지께서 상호를 퇴원시키면서 저도 요 앞까지 차로 데려다 주셨어요."

"무사하면 됐다."

"상호가 다친 건 안됐지만 오늘 시위에 나가지 못하게 되어서 다행이에요. 요 며칠 같이 시위를 했던 급우들 몇 명이 병원으로 실려 왔어요."

불안한 엄마는 기철이 손을 놓지 않고 있었다.

"너는……."

"저는 시위에 안 나갔어요. 급우들에게 미안하지만……, 저마다 상황이 있는 거니까요. 상호도 저를 이해해 주었어요."

기철이가 평소와 다르게 말을 많이 했다.

기홍이는 그런 기철이가 이상하면서도 마음이 놓였다.

다음 날부터 학교에 가지 못했다. 마음대로 거리에 다니지 못하는 계엄령이 내려졌다. 군인과 탱크가 거리를 차지했다. 학교에 가지 못해서 조바심이 난 건 선주뿐이었다. 선주는 누구보다 학교에 가고 싶어 했다.

기홍이는 이번에도 창경원에 가지 못했다. 약속을 깬 사람은 아무도 없었지만 화가 나기는 마찬가지였다. 엄마는 식구들이 무사한 것을 다행으로 여기라고 했다.

아이들은 천변으로 올라가서 총을 멘 군인들과 탱크가

지나가는 것을 구경했다. 며칠 후에는 태극기를 든 사람들이 버스 위에 올라가 있는 것도 구경했다.

일주일 후, 기홍이는 엄마 심부름으로 포목점에 갔다. 엄마는 아직 거리가 어수선하다며 선주와 같이 다녀오라고 했다. 조각 천을 이어 붙인 보자기를 넣은 자루는 크기만 컸지 무겁지 않았다.

자루를 받은 포목점 아주머니가 엄마에게 전해 주라며 꾸러미 하나를 주었다.

"명주실이다. 태어날 아기가 건강하게 오래 잘 살라고 주는 거다."

그리고 아주머니는 뜻밖의 소식을 전해 주었다.

"참, 구두를 닦는 친구가 있지?"

"네, 슈샤인 보이 일남이예요."

"구두닦이 아이가 총에 맞았다고 하던데, 네 친구는 괜찮니?"

놀란 기홍이와 선주가 서로를 쳐다보았다.

"그날……, 일남이가 신문사에 불이 난 걸 보러 간다

고⋯⋯."

선주가 더듬거리는 말을 기홍이가 막았다.

"아니에요. 일남이가 아닐 거예요. 일남이는⋯⋯."

울음이 터질 것만 같은 기홍이는 더 이상 말을 잇지 못했다.

아주머니가 팔을 마구 휘저었다.

"에구머니, 내가 괜한 말을, 구두닦이가 아니고 거 뭐라더라⋯⋯. 하여간 너희는 얼른 집으로 가거라."

아이들은 아주머니에게 떠밀려서 밖으로 나왔다.

기홍이는 곧장 자이안트 찻집으로 갔다. 거기라면 일남이 소식을 알고 있을 것 같았다. 하지만 찻집 문은 닫혔고, '휴업'이라고 쓰인 종이가 붙어 있었다.

"기홍아, 저기 봐."

선주가 공원을 가리켰다.

공원에서 사람들이 소리를 치고 팔을 흔들고, 펄쩍펄쩍 뛰는 게 보였다. 어쩐지 모두가 신이 나 보였다. 어떤 아저씨는 덩실덩실 춤을 추었다.

사람들이 전찻길로 몰려나오는 것을 보고 기홍이도 그리로 뛰어갔다.

어른들 틈을 비집고 들어가자 아이들 몇이 긴 줄을 끌어당기며 오고 있었다.

"앗!"

기홍이 눈에 가장 먼저 보이는 건 구두였다. 구두 위로 바지와 양복저고리가 보였다. 그것은 파고다 공원에서 본 이승만 대통령 동상이었다. 아이들이 동상에 줄을 걸어서 끌었다. 사람들이 동상을 따라다니며 침을 뱉고 발길질을 했다.

"대통령 하야!"

"물러갔다. 물리쳤다."

누군가 소리를 치면 사람들이 박수를 쳤다.

일남이가 매일 바라보는 동상이 끌어내려졌다. 대통령에게 큰일이 벌어진 게 틀림없었다.

기홍이는 대통령보다 일남이가 어떻게 되었는지 궁금했다. 일남이가 몹시 걱정되었다.

10
봄날이 달려온다

밤사이 봄비가 흠뻑 내렸다. 따스한 봄 햇살이 촉촉한 땅에 내려앉았다.

기홍이는 들창을 열었다. 모래톱이 있던 자리까지 물이 찼다. 종길이는 벌써 나뭇가지로 물속을 휘젓고 있었다. 기홍이도 막대기를 챙겨서 나갔다.

강물에 햇살이 눈부시게 빛났다. 선주 동생 둘이서 풀을 찧고 모래를 갈아서 밥상을 차렸다. 선주는 먹는 시늉을 하며 웃고, 배를 두드리면서 웃었다. 동생들은 재미가 붙어서 선주 머리카락을 땋고 꽃잎을 붙였다.

선주는 어제 학교에서 돌아올 때부터 기분이 좋아 보였

다. 강중강중 앞서가다가 되돌아오기를 반복했다. 저녁에
는 들창을 두드리며 기홍이에게 장난을 걸었다.

종길이가 물에서 밀짚모자를 건졌다. 나뭇가지로 확 잡
아채어 땅으로 가져오는 바람에 사방으로 물이 튀었다.
물벼락을 맞고도 선주가 웃는 걸 보니 수상했다.

"웃음병 걸렸어? 왜 자꾸 웃는데?"

기홍이가 묻기를 기다리기라도 한 듯 선주가 답을 했다.

"나, 상 받는다. 큰 상 받을 거래."

종길이와 동생들이 호기심 가득한 눈으로 선주를 보
았다.

"어린이날 글짓기 대회에서 내가 쓴 글이 학교 대표로
뽑혔어. 어린이날 서울운동장에 간다. 상 받으러 간다."

모두가 너무 놀라서 말문이 막혔다.

어린이날 기념식은 대통령 탄신일처럼 성대하게 열린
다. 작년에도 많은 학교가 서울운동장에 모여서 무용과
합창, 부채춤 공연을 했다. 높은 사람들과 유명한 사람들
이 많이 오는 자리였다. 선주가 그 자리에서 상을 타게 되

었다.

기홍이는 선주가 글짓기를 잘하는 건 알았지만 학교 대표로 뽑힐 만큼 실력이 있는 줄 몰랐다. 그리고 뒤늦게 한 가지 사실을 기억해 냈다.

"글짓기 대회가 있는 건 내가 알려 줬잖아!"

"맞아. 상 받으러 갈 때 엄마가 신발도 사 주고 치마도 만들어 준다고 했어."

"좋겠다."

기홍이는 잘하는 게 있는 선주가 부러웠다.

그때 들창으로 기철이가 다급히 기홍이를 불렀다. 기홍이가 가기도 전에 기철이는 집을 나섰다.

"엄마가 진통을 하시는 것 같아. 파리화방에 전화하고 올게. 넌 엄마 옆에 있어."

기철이가 선주한테도 집에 가서 알리라고 말했다.

엄마는 한껏 찡그린 채 방 안을 서성였다. 아픈데 누워 있지 않고 자꾸 걸어 다녔다.

"움직여야 아기가 빨리 나온다. 홍아, 시원한 물을 받아

와라."

기홍이는 펌프로 가서 주전자 가득 물을 담아 왔다.

선주 엄마가 한 할머니를 데리고 왔다. 동네에서 아기를 낳을 때 도와주는 산파 할머니였다.

할머니는 태어나는 아기를 받느라 밥 먹을 시간도 없을 만큼 바쁘다고 했다.

"올해 이 동네는 자식 농사 대풍년이야."

엄마 이마에 땀이 맺혔다. 기홍이는 엄마에게 바짝 다가가 앉았다.

그런 기홍이를 엄마가 밀어냈다.

"홍아, 선주 집에 가 있어. 기철이 오면 거기 붙잡아 둬라."

기홍이가 가지 않고 머뭇거리자 선주 엄마가 쫓아내다시피 했다.

"엄마 힘써야 한다. 걱정 말고 놀면 된다."

선주 집에서 저녁을 차릴 때까지도 엄마는 진통을 하는 중이었다. 전화를 하러 간 기철이는 아직도 돌아오지 않았다.

종길이 엄마가 밥을 푸며 기홍이를 달랬다.

"아기 낳는 건 시간이 걸리는 일이다. 걱정 마라."

밥상 두 개가 차려졌다. 윤주가 밥을 날랐다. 두 아버지가 앉는 밥상에 기홍이와 종길이가 앉았다. 다른 쪽 밥상에서는 선주가 그릇을 만지려는 아기들을 말리느라 소란스러웠다. 선주 동생 두 명은 자리다툼을 했다.

"이노오오옴!"

선주 아버지 한마디에 밥상 앞이 조용해졌다.

기홍이는 얼른 밥을 먹고 다시 집이 내려다보이는 둔덕에 앉았다. 강물에 달이 비쳤다. 저녁 바람이 따스했다. 기철이도, 아버지도, 삼촌도 소식이 없었다. 어른들은 계속 걱정하지 말라고 했지만 기홍이는 엄마가 잘못될까 봐 불안했다.

윤주가 빈 그릇을 내왔다. 선주는 물독에서 물을 퍼서 설거지 그릇에 부었다.

아랫집 문이 열리는 것을 보고 기홍이가 벌떡 일어났다.

"홍아, 여자 동생이다. 동생이 오빠 닮아서 또랑또랑하다. 엄마도 건강하고."

종길이와 동생들이 손뼉을 치며 좋아했다.

윤주가 집 안을 향해 소리쳤다.

"아버지, 아주머니 딸 낳았대요."

선주 아버지는 금줄을 준비하고 있었다. 기홍이 아버지가 새끼를 꼬아서 미리 만들어 둔 것이었다. 금줄에 숯과 고추를 끼울지 숯과 솔잎을 끼울지 방금 결정이 났다.

선주 아버지가 기홍이를 불렀다.

"홍아, 아버지 오시는지 골목 밖에 가 봐라. 아무래도 아기 아버지가 하는 게 좋지."

기홍이는 골목을 뛰어올랐다. 종길이와 동생들이 줄줄이 따라왔다. 골목 끝 변소를 지나고, 펌프를 지나고, 꽃보다 초록 잎이 더 많은 개나리 무더기를 지났다.

천변 전봇대 너머로 아버지가 오고 있었다. 아버지는 검고 기다란 미역을 들었고, 삼촌이 보따리를 안았다. 뒤로 기철이가 따라오는 게 보였다.

기홍이가 힘껏 소리쳤다.

"아버지, 엄마가 아이 낳았어요. 내가 오빠가 되었대요."

식구들이 집으로 들어갔을 때, 엄마 옆에는 이불에 꽁꽁 싸인 아기가 있었다. 아기 얼굴이 붉고 쪼글쪼글했다. 눈을 감은 채 작은 입술을 오물거렸다.

기홍이는 엄마 배 속에서 아기가 나왔다는 게 도무지 믿기지 않았다.

미정이는 3일 만에 똥싸개 오줌싸개가 되었다. 아버지

가 기홍이 동생 이름을 미정이로 지었다.

"홍아, 이건 내다 놓고, 새 기저귀 가져와라."

기홍이는 코를 싸쥐고 엄마가 주는 기저귀를 받았다. 미정이는 하루에도 수십 번 기저귀를 적신다.

선주가 기저귀를 슬그머니 내려놓는 기홍이에게 입을 삐죽거렸다.

"그것 가지고 뭘 그러냐? 용길이는 내 등에 오줌을 쌀 때도 있어."

기홍이가 손을 털자, 선주가 새 공책과 새 연필을 주었다. 상으로 받은 것을 기홍이에게도 나눠 주었다.

"글짓기 대회 알려 줘서 고맙다고."

"치, 알면 됐어."

선주가 발을 토닥이고 자꾸만 옷을 매만졌다. 새로 산 운동화와 새로 만든 줄무늬 치마를 자랑하는 것이었다.

선주는 어린이날 글짓기 대회 학교 대표로 상을 탔지만, 서울운동장에는 가지 못하게 되었다. 올해 어린이날 기념식은 열리지 않을 거라고 했다. 4월 19일 시위로 사람들이 총에 맞아 죽은 사건과 4월 26일에 대통령이 자리에서 물러난 사건 때문이었다.

그런 선주가 새것들을 차려입은 이유가 있었다.

드디어 오늘 창경원에 간다. 기홍이와 윤주는 물론이고, 선주와 종길이도 함께 가기로 했다. 상호가 창경원 입장표 네 장을 모두 기홍이에게 주었다. 상호는 아직 다리깁스를 풀지 못했고, 기철이는 공부할 시간이 부족하다고 했다.

"입장표는 나한테 맡겨."

윤주가 기홍이에게서 입장표를 가져가 주머니에 넣었다. 일요일에는 종일 양장점에서 일하는데, 오늘은 특별히 휴가를 얻었다.

벚꽃이 다 떨어졌다. 하지만 날씨가 따스해서 창경원에는 다른 꽃들이 많이 피었을 것이다. 동물들도 더 많이 나와 있을 거라고, 기철이가 알려 주었다.

무엇보다 오늘은 어린이날이 있는 오월 첫날이었다. 창경원에 오는 어린이에게 작은 선물을 줄지도 모른다고 했다.

기홍이 아버지가 윤주에게 돈을 주었다.

"동생들하고 맛있는 거 사 먹어라."

기홍이는 아버지 덕분에 기분이 더 좋아졌다.

공터에 빨래를 너는 아주머니들이 아이들을 부러워했다.

"꽃놀이 간다며? 좋겠다."

"아니에요, 동물원 구경 가요."

"창경원 가면 꽃도 보고 동물도 보고 그러는 거지. 잘
다녀와라."

기홍이는 삼촌에게 들은 동물 이야기를 아이들에게 해
주었다.

"하마라는 동물은 돼지보다 덩치가 큰데 물에서 논대.
돼지처럼 생겼는데 물에서 노는 게 이상해."

선주는 공작이 보고 싶다고 했다.

"날개가 온통 하얀 백공작도 있대. 공작이 내 앞에서 날
개를 폈으면 좋겠어."

지프차가 '어린이는 나라의 희망'이라고 쓴 깃발을 달고

반도호텔 쪽으로 천천히 지나갔다. 그 뒤로 확성기를 단 또 다른 지프차가 왔다. 확성기에서 노래가 나왔다.

"우리들 마음에 빛이 있다면

여름엔 여름엔 파랄 거예요.

산도 들도 나무도 파란 잎으로

파랗게 파랗게 덮인 속에서

파아란 하늘 보고 자라니까요."

노랫소리가 점점 멀어지자, 아이들이 뒤를 이어서 불렀다.

"우리들 마음에 빛이 있다면

겨울엔 겨울엔 하얄 거예요.

산도 들도 나무도 하얀 눈으로……."

저 멀리 홍화문이 보였다. 아이들은 누가 먼저랄 것도 없이 뛰었다.

"홍아, 기홍아, 기홍아."

신나게 달려가던 기홍이가 멈췄다. 차와 사람이 많은 일요일 거리 한가운데에서 누군가 기홍이를 부르고 있었다.

"기홍아, 여기야, 여기."

선주와 종길이도 멈춰 섰다. 아이들은 사방을 두리번거렸다.

그때 저만치서 오는 아이가 보였다. 구두 통을 어깨에 가로질러 메고, 학생 모자를 삐뚜름하게 쓴 일남이였다. 코 밑이 시커먼 일남이가 틀림없었다.

"일남아!"

일남이가 살아 있었다. 다치지도 않고 씩씩하게 살아서 아이들에게 달려왔다.